「なあ、名前呼んで」

「え、いや、だ」

「なんで、呼んでよ……圭一……」

羽鳥の名前を呼んだら、絡みついた襞がますます
蠢いて、英介の指を締め付けてきた。

契約恋愛

野原　滋

Illustration
みずかねりょう

B-PRINCE文庫

※本作品の内容はすべてフィクションです。
実在の人物・団体・事件などには一切関係ありません。

CONTENTS

契約恋愛 7
内緒の話 199
あとがき 218

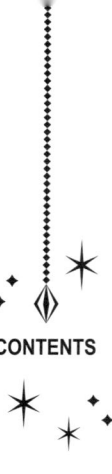

契約恋愛

「……宇田川《うだがわ》？」

サンドイッチを頬張《ほおば》っている上から自分を呼ぶ声がして、宇田川英介《えいすけ》は顔を上げた。入院した上司の見舞いの帰りに、病院のロビー内にあるコーヒーショップで昼食をとっていたところだった。

スーツ姿の男が、トレイにベーグルとコーヒーを載せたまま、じっとこちらを見下ろしている。

「ああ。ええと……」

顔には確かに見覚えがあったが、咄嗟に名前が出てこなかった。口をもぐもぐ言わせながら、サンドイッチを呑み込むまでに思い出そうと頭を巡らせた。

「覚えていないか」

口を動かしながら考えている英介を一瞬待ち、男はやっぱりなという顔をしたから「いや、覚えてるよ。覚えてるって。おまえ、羽鳥《はとり》だろ？」と慌てて言った。

名前が出てこなかったのはほんの一瞬で、すぐに思い出せた。口を開かなかったのはまだサンドイッチが入っていたためだったが、名前を呼ばれた羽鳥圭一《けいいち》は「へえ」と意外そうな顔をした。

「だって四年間同じサークルだっただろ。そりゃ覚えてるって」

英介の所属していたテニスサークルは他校との合同サークルで、別大学の羽鳥圭一もメンバーのひとりだったのだ。

テニスよりも、打ち上げやキャンプなどのイベントに熱心な団体で、とにかくなんやかやと理由を作っては遊んでいた。名前ぐらいは当然覚えている。

「久し振りだな。元気にしてたか？」

名前を呼ばれて一瞬意外そうな顔をした羽鳥は、覚えていたのかと嬉しそうにするわけでもなく、英介を見下ろしたまま突っ立っている。「座れよ」と、椅子《いす》に置いてあった自分の鞄をどけ、英介が促すと、やはり表情を変えないまま、ほんの少し首を傾げた。

「いいのか？」

「なんで。だって席いっぱいだろ。ほら」

満席ではなかったが、フロアは賑わっている。お互いに顔見知りの二人が、別々の席をわざわざ占領することもないだろう。見たところ羽鳥にも連れはいない。

英介に席を勧められた羽鳥は、何故か眉を寄せ、解《げ》せないという顔を作った。そんな顔をされる謂われはないので、英介のほうが解せない心持ちになる。

友人というよりも知り合い程度の関係だ。ただ顔見知りというだけで、同じテーブルに招いたのだが、相手にしてみたら気詰まりだったのかもしれない。無理強いすることもないのだが、どうせ英介はもうすぐ食べ終わる。

と思った途端、「じゃあ、失礼して」と、羽鳥が着席した。

あ、座るんだ。と思ったことは口にはしなかった。英介が声を掛けてから着席するまでのこの間はなんだったのだろう。英介の隣にあった椅子の位置をずらし、向かいに腰を落ち着けた羽鳥は、表情を変えないまま静かにコーヒーを飲んでいた。

「誰かの見舞い？」

「そう」

「俺も。上司が十二指腸潰瘍《かいよう》で入院しててさ。仕事の途中に寄ったんだ」

こちらの説明に小さく頷いた羽鳥は、自分の話をしようとは思わないらしい。コーヒーをソーサーに戻し、ベーグルを口に運んでいる。

沈黙が訪れた。

「おまえ、今何処《どこ》で働いてんの？」

英介の質問に、羽鳥がスーツの内ポケットから名刺を取り出した。条件反射で英介も名刺を出し、病院のロビー内のコーヒーショップで名刺交換をする。

羽鳥から受け取った名刺には『三峯《みつみね》レジデンス』と書かれていた。首都圏を中心とした大型マンションの企画・開発・分譲などを手掛ける大手不動産会社だった。

「へえ。凄いとこに勤めてんのな。流石《さすが》だ」

羽鳥の卒業した大学は日本の最高学府だ。彼にしてみたら当然なのかもしれない。感心している英介に、羽鳥は謙遜するでもなく、やはり無表情のまま、英介の渡した名刺をじっと眺めていた。

「業種は違うけど、同じ業界だ。驚いたな」

一方、英介のほうは集合住宅の設備や耐震の調査、修繕を請け負う会社だった。

「でもラッキーだな」

「何がだ？」

名刺を持ったままの羽鳥が怪訝《けげん》な表情を見せ、英介はおどけて肩を竦《すく》めてみせた。

「そりゃあ、こんな大手企業と繋がりができたんだ。もし、大規模修繕とかがあったら、是非うちをよろしくお願いします」

冗談めかして頭を下げる。『三峯レジデンス』ほどの大手企業に勤める社員が知り合いにいたのだ。これ幸いと、売り込みを掛ける。

「しかし、俺の所属は企画開発だから。管理業務のほうは力になれない」

そんな英介の営業に羽鳥は冷静に水を差してきた。

「……まあ、そうだよな」

羽鳥の勤める企業の規模であれば、英介たちが担うような事業も当然運営している。

「でもほら、工事は外注だろ。ここで会ったのも何かの縁だし」

「縁？　ここで会ったのが縁だから、仕事を紹介してくれと？」

微かに眉根を寄せた羽鳥が、また解せないという顔を作る。こっちも駄目もとなのだから、軽く受け流してくれればいいのだが、羽鳥は真っ向から受け止めてくるから、困ってしまった。

「そうだな。虫が良すぎるか。うん、今の話はなし。忘れてくれ」

英介もそこまで本気で営業するつもりはなかったから、これ以上仕事の話を続けても仕方がないと切り上げた。

向かいに座る男は相変わらず静かな無表情で食事をしている。営業職の英介と違い、外回りをすることもないのだろう。日に焼けていない肌は白い。コーヒーカップを持つ手も華奢《きゃしゃ》で、整った顔立ちと、英介の持つイメージも手伝って、繊細な印象だ。

「今はテニスをしていないのか?」

「ああ。仕事が忙しくてな」

「そうか。まあ、あの頃もあんまり運動サークルって感じじゃなかったけどな、あそこは。俺も卒業以来やってないなあ。あ、でもたまにスカッシュやってるんだ。こっちのほうが手軽でさ。けっこういい運動になるんだよ」

「そう」

沈黙が訪れた。

すでに空になっているコーヒーカップを持ち上げ、飲み干す振りをしてから英介は立ち上がった。まだ食事の半分ほどを残している羽鳥が英介を見上げる。

「じゃあ、お先。これからまだ回るところがあるから」

トレイと鞄を持ち、座っている羽鳥に軽く会釈《えしゃく》をして席を離れた。カウンターに食器を戻してから振り返ると、羽鳥はまだコーヒーを飲んでいた。こちらに視線を寄越すこともない。

「……まあ、前からあんな感じだったよな」

サークル内でも羽鳥は浮いた存在だった。羽鳥と同じ大学の仲間も参加していて、他の連中は一緒になってワイワイやっていたのだが、羽鳥は彼らとも特に親しくない様子だった。

「でも、だったらなんであいつ、四年間ずっといたんだ？」

キャンプや旅行会などのイベントには来なかったが、飲み会にはけっこうな頻度で参加していた。そして今日会ったときと同じ面持ちで、淡々と過ごしていた。楽しそうとはとても思えず、それなのに辞めないのが不思議だった。外見通りの真面目《まじめ》さで、一旦入ると決めたから、それを貫き通したのだろうか。

病院から駅への道を歩きながら、まあ、俺が気にすることでもないかと考えた。誰に強制されたでもなく、本人の意思で参加していたのだから、他人がとやかく言う筋合いはない。どちらにしろ英介には関係ない。たぶんこれから先、羽鳥と会うことはないのだから。

たぶん二度と会うこともないと思っていた相手と二度目の接触を持ったのは、病院で再会してから二週間後のことだった。羽鳥から会社へ、英介あてに連絡がきたのだ。

話があるというので、退社後、英介は羽鳥の指定するカフェに出向いた。店に入ると、奥の席で羽鳥がすでに待っていた。軽く手を上げ、席に近づく。

思いもよらない相手からの呼び出しに、用件が何なのか見当もつかない。緊張と共に席についた英介に対し、羽鳥は相変わらず平常心の無表情だ。

「吃驚《びっくり》した。おまえから連絡がくるなんてさ」

挨拶代わりの英介の言葉に、羽鳥が怪訝な顔を作る。何故そんな顔をされるのか分からない。

「宇田川が言ったんだろう」

「え？」

「仕事があったら紹介してくれって」

今度は英介が眉を寄せる番だった。病院での再会で、お互いの名刺を交換し、そのときにそんなことを言った。もちろん本気で頼んだわけではなく、一種の社交辞令のつもりだったのだが、羽鳥はそんな英介の目の前に、Ａ４サイズの封筒を差し出した。

「都下にあるマンションで、うちが手掛けたものなんだが」

渡された封筒を開くと、中から冊子が出てきた。『大規模修繕企画案』と書いてある。

「五百戸を超える大型マンションだ。来年度に十年目の大規模修繕があり、業者の募集をしている」

エントリーは十社。その後三社に絞られ、マンションの自治会での説明会を経て、一社に決定するのだそうだ。

「最終的な決定権はうちにはないが、その十社の中に君のところを推薦しようと思う。どうだろうか」

「……え？」

渡された書類から顔を上げながら、呆《ほう》けたような声が出た。

こちらを見つめている羽鳥の表情は相変わらず淡々としていて、驚いている英介に丁寧にもう一度説明をしようとしてくる。どうやら英介が話を呑み込めていないものと思ったようだ。

「だから、来年度、大規模修繕の計画があり、その業者のエントリー枠に貴社を……」

「や、それは分かった。で、なんでうちを？」

英介の声に、羽鳥の表情が戻った。例の眉間に皺を寄せた怪訝な表情である。先日から二度、この男と顔を合わせているが、英介が目撃した羽鳥の表情は、ほぼこの二種類のみだ。無表情か、怪訝な顔。その二つのうちのどちらかしかしないのである。

「宇田川が言ったんだろう。修繕の仕事があったらよろしく頼むと」

「言ったよ。言ったけど。だから紹介してくれたのか？」

「そうだ。しかし俺ができるのはここまでだ。推薦はできるが、斡旋《あっせん》まではできない。すまないんだが」

「いやいやいや。充分だよ。ありがとう」

正直言って、本当に紹介してもらえるとは思っていなかった。久し振りに会ったノリで、駄目もとで声を掛けたに過ぎない。それなのに羽鳥は、自分の部署ではないと言いながら、こうして仕事を持ってきてくれたのだ。有り難いことこの上ない。

「かなり大きな物件だ。獲得できたら凄いことになる。助かるよ」

「来週以降に、うちから君のところに連絡がいくと思う。前にも言ったが、俺の仕事は別部門だから、詳しい話は担当から聞いてくれ。そのうち一度出向いてもらうことになると思うが」

「ああ。もちろん。さっそく持ち帰って上に報告させてもらうよ。本当にありがとう。何度礼を言っても足りないぐらいだ」

興奮気味に礼を言う英介に対し、羽鳥は相変わらずの表情だ。何を考えているのかさっぱり分からないが、今の英介にとっては恩人に等しい存在だ。

「うちの人間とも一度会ってくれ。改めて席を設けるよ」

「ああ、そういうのは勘弁してくれ。俺はただこういう話があると持ってきただけだから。それにエントリーするのは一社だけじゃない。その後のことはどうにもできない」

「分かってるよ。その中に入れたことだけで御《おん》の字なんだって。とにかく、一度改めて礼をさせてもらうよ。俺にできることがあったら言ってほしい。できる限りの礼を尽くしたいから」

「それなんだが」

勢い込んで何でも言ってくれと身を乗り出す英介に、相変わらず冷静な声で羽鳥が言った。

「実は宇田川に頼みがある」

こちらを真っ直ぐに見つめてくる。その眼には逡巡も遠慮も見えなかった。

「三ヶ月、いや、二ヶ月のあいだでいい。週末のうちの一日を、俺にくれないか」

真っ直ぐに向けてくる視線を、英介も真っ直ぐに見つめ返しながら、首を傾げた。

「……悪い。ちょっと意味が分からないんだが」

「つまりは、単刀直入に言うと、俺と付き合ってほしいということだ」


土曜の午後。英介は羽鳥圭一の家に出向いていた。

仕事を紹介する代わりに自分と付き合ってほしいという要請に、訳が分からず首を傾げている英介へ、「それではさっそく今週末に」という事務的な声を残し、羽鳥はさっさと店を出ていってしまった。

テーブルの上には、羽鳥が持ってきてくれた大規模修繕の書類と、羽鳥の自宅の住所と地図とおぼしきメモが残されていた。用意周到な上に、相手の返答を待たずにさっさといなくなってしまう。あとに残された英介は唖然とするばかりだった。

突然降って湧いた大きな仕事のチャンスと突きつけられた交換条件に、悩みに悩んだ末、結局英介は羽鳥の部屋にやってきた。羽鳥の真意はまったく分からない。しかし分からないまま無下《むげ》にするには、紹介された仕事が魅力的過ぎた。

ドアを開けた羽鳥は、相変わらず淡々としていた。訪ねてきた英介に対し、喜ぶふうでもなく、玄関に立つ英介を一瞥《いちべつ》し、踵《きびす》を返してさっさと部屋の中へと戻っていってしまった。「お邪魔します」と一応声を掛け、英介も靴を脱いだ。

羽鳥がひとり暮らしをしているという2DKのマンションは、本人のイメージ通りに機能的で綺麗に整頓されており、素っ気なかった。

玄関に入るとすぐに台所があり、その奥に二つ並んだ部屋があった。ひとつをリビングに、ひとつを寝室にしているらしい。必要最低限の家具に家電、持ち物は増やさない主義だというのが分かりやすいほどに分かる部屋だ。

壁際にある書棚には、びっしりと本が並んでいた。これも分かりやすい。趣味は読書か調べ物。外出はほとんどせずにこの部屋でずっと過ごしているのだろう。

所在なく部屋を見回している英介の隣で、羽鳥はお茶を淹れるでもなく一緒に突っ立っている。初めて訪れた部屋で、住人より先に腰を下ろすわけにもいかず、英介も立ったままだった。

「で、俺はどうすればいいの？　付き合うっていうのは、俺はどういう意味で捉えたらいいんだ？」

英介の質問に羽鳥がこちらを見上げた。眉間に皺を寄せた表情は、「何を言っているのだ」と責めているようだ。

「文字通りの意味だが」

ポリポリと頬を掻き、睨んでくる羽鳥を見返す。『文字通り』の意味がやはり分からない。

「宇田川は恋人と過ごすときにはどうしているんだ?」

逆に質問を返され、英介が考えることになる。

「ええと、そうだなあ。特に何をするっていうのはないけど。飯行ったり、飲みに行ったり。部屋でビデオ観ながらただくっちゃべったり。まあ、やることやったり。そんなもんか」

旅行に行くとか遊びに行くとか、そういうのもあるが、それはたまに発生するイベントであって、毎回というわけではないし、普通はそんなものだろう。

「そうか。じゃあそのように」

「そのように、って……」

相変わらず羽鳥は表情を変えないまま見上げてくる。

「普段宇田川が過ごしているように過ごしてくれ。俺はそれに合わせるから」

「合わせるんだ」

「俺は、そういうのはよく分からないから」

「分からないって……言われてもな」

困惑している英介を見つめていた羽鳥の眼が逸らされた。顔に手を当て、髪を掻き上げている。眉間の皺は刻まれたまま、下ろされている片方の手が強く握られている。

「本当に、分からないから」

あ、こいつ、緊張している、と気が付いた。

変化の乏しい表情と声音《こわね》に気を取られ、英介自身も緊張していたから分からなかったが、羽鳥は人に無理難題を突きつけながら、それが無理難題だと分かっていて、英介の反応を窺い、恐れているのだと、強く握られている拳《こぶし》を見て思った。

「人と親しく付き合うということが、俺はあまり上手《うま》くない」

「あー、うん。知ってる」

英介の声に、羽鳥がもう一度見上げてきた。「何故知っている?」というような表情に、肩を竦めてみせた。

「おまえ、壁作ってたよな」

馬鹿騒ぎしている英介たちを横目で見ながら、馬鹿な連中だと冷ややかな視線を送っていたことは知っていた。自分から溶け込もうともせず、ひとり浮いた存在だったことは本人も承知で、それを苦にもしていなかった様子を思い出す。

「そうだな。それを打破しようと思い、君に頼んでみた。宇田川はそういうのが上手そうだから」

「そういうの?」

「人との付き合い方というか、要は距離の測り方だな。君は少なくとも俺よりは格段に上手いだろう」

「まあ……そりゃ、な」

コミュニケーション能力という点に於いては、羽鳥は最下層の部類だと思われる。

「あるきっかけがあって、自分を変えてみようと考えた。俺はこのままでいいんだろうかと、そう思うことがあって」

「よくないだろうな」

英介の相槌《あいづち》に、羽鳥はキッ、とこちらを睨み、それから視線を部屋の隅にある本棚に向けた。

「自分でもいろいろと調べてみたんだが、頭で理解するのと実際に行動できるのとは違うだろう?」

羽鳥の指す本棚には『自己啓発』や『人間心理学』の文字が並び、それが『仕事におけるコミュニケーション力』、『コーチング』へ進み、何故か『催眠療法』から『解脱・出家』にまで発展していた。調べていくうちに枝葉に気を取られ、本来の目的を失っていく経過が見て取れる。

「仕事で人間関係に困っているのか?」

英介よりもかなり賢いだろうことは容易に理解できる。最高学府を卒業し、最大手の企業に就職し、傍目《はため》には順風満帆《じゅんぷうまんぱん》に見えるのだが、羽鳥には羽鳥なりの悩みがあるらしい。

「いや。別段困ってはいない。職場は仕事をするところだ。業務をこなし、業績を上げていれば支障は来さない」

「あ、そう。……じゃあ、友人関係でトラブル？」

「俺にはトラブルを起こすほどの友人もいない。なるべく人と関わらないようにやってきたから」

「ああ、うん。そうだったな」

「人に疎《うと》まれるのは特に気にしていなかった。けど、ふと、じゃあ好かれるにはどうしたらいいんだろうって、考えて」

本の背表紙に眼をやったまま、羽鳥が思案げに呟《つぶや》く。

「別に、普通にしてたらいいんじゃね？　おまえのことを好きだっていうやつだっているだろうよ」

「いないよ」

本から英介に視線を移した羽鳥が軽く答えた。

「普通にしていたら、みんな俺を嫌う」

「あー……」

あまりにも簡単に、自分は嫌われ者なのだと言ってしまえる羽鳥に、どう答えていいのか分からずに言葉を濁した。

「本を読んでもよく分からない。書いてあることを実践してみようとしたんだが、なかなか難しい。効果が眼に見えない」

「悟りは開けなかったのか」

思わず茶化してしまった英介に、羽鳥が表情を変えずに頷いたから困ってしまった。

「悪い。今のは冗談だ」

謝る英介に羽鳥はやはり同じ表情で「冗談だったのか」と呟いた。

「まあ、何となく分かった。要は人付き合いのまずさを自分で痛感して、変わりたいわけね？　俺にその辺をレクチャーしてほしいと」

英介の声に、羽鳥が小さく頷いた。

なんだ、とホッと胸を撫で下ろした。付き合ってくれなどと言ってくるから、てっきりそっち方面の誘いなのかと思ってしまった。

「そういうことなら……つか、『付き合ってくれ』はないだろ。吃驚するから」

単純に、人付き合いが苦手だから教えてほしいと言えばいいのに。または、親しい友人がいないから、友だちになってほしいとか。プライドが高そうな羽鳥だから、複雑に考え過ぎて、変な方向へいってしまったのか。それにしてもと、笑いが漏れた。

「恋がしてみたい」

「えっ？」

胸を撫で下ろした直後、羽鳥がまたそれを覆《くつがえ》すようなことを言ってくる。

「外国の言葉を覚えるには、その国の人間と恋人関係になるのが一番早いと聞いた」

眉ひとつ動かさずにそんなことを言っている。

「恋人関係になれば、自ずと人との距離も測れるようになるだろう。一石二鳥《いっせきにちょう》だと思うんだが」

「えー……？」

「そう思わないか？」

思わない。理路整然と間違った方向に向かっている気がする。

「俺は親しい友人というのも持ったことはない。……恋なんかもしたことがない。病院で再会して、縁ができたと君は言った。だから、思い切って頼んでみることにした。無謀な頼みだということは、自分でも分かっている」

淡々と話す表情は静かで、そこに大きな感情が動いているようには見えない。それでも低く、自分に言い聞かせるように呟く声には、切実なものを感じた。

「でも宇田川なら或いは……聞いてくれるかもしれない、などと思ってしまい……」

語尾のほうは消え入りそうになっている。

頭も良く、勤める企業は最大手の男が、自分に頼んでいる。冷静を装いながら、英介の答えを固唾《かたず》を呑んで待つ姿は健気《けなげ》で、何となく優位に立ったような気分にもさせられた。

「それで『付き合ってくれ』なんだ」

英介の声に、羽鳥の拳がまたキュッと握られた。

目の前に佇んでいる男を観察する。自分よりもほんの少し背が低い。見た目は間違えようもない男だが、よくよく見れば整った顔立ちは中性的で、線も細い。病院で再会したときに、色が白いと思ったが、確かに薄い肌は英介よりも数段肌理《きめ》が細かく、柔らかそうだ。

いけるものか？　と考えた。

恋愛経験はそこそこあるが、相手はいずれも女性だ。だが、実は英介は異性でなければ駄目だというわけではなかった。告白されて付き合うケースが多く、その相手が女性だっただけで、要はタイミングの問題だったに過ぎない。

高校時代に一度、男子テニス部の後輩に告白されたことがある。そのときはたまたま好きな人がいたために断ったのだが、男からの告白に別段驚かなかった自分がいた。そして、その頃もうひとり可愛《かわい》がっていた後輩がいて、そっちだったらな、などと考えたものだった。

英介に頼んでくる辺り、羽鳥も英介と同類か、或いはゲイセクシュアルというものなのだろう。人付き合いが苦手と言っているが、観察力はあるのか。羽鳥は英介に自分と同じ匂いを感じ取ったのかもしれない。

羽鳥に付き合ってくれと言われ、半信半疑ながらものこのこやってきたのは、仕事のこともあったが、それだけではない。好奇心があったのだ。あの羽鳥がいったい何を思い、そんなことを言ってきたのか。どんな顔をして、自分に想いを打ち明けてくるのか。

「それにしても、なんで期間限定なんだ？」

「それは、もし君に現在付き合っている人がいたら、悪いと思って」

「俺は相手がいたら別のやつと付き合うなんてことはしないよ」

「そうか。……そうだな。無理なことを言ってすまなかった」

諦めたように謝ってこられて、「いやいやいや」と慌てて否定する。

「今は誰もいないから」

「そうなの、か」

英介の答えに今度はホッとしたように頬が緩んだ。微妙な変化だが、僅かな期待を持ったのは明らかで、しかしすぐにその表情が引き締まり、眉根が寄った。

「でも、宇田川ならすぐに次の人ができるだろう。だから俺は二ヶ月で構わない。……いや、もっと短くてもいい。振りでいいんだ。俺と、付き合ってくれないか?」

今度は上目遣いに見上げてくる。例えほんの短い期間でも恋人になりたいという殊勝な提案に、ついほだされてしまう。

「ええと、じゃあ、……うん」

英介の返事に羽鳥の表情がまた僅かに変わる。見開いた眼は驚いているようだ。

「っていうか、俺、おまえが言うほど経験豊富っていうわけじゃないし。俺に合わせるって言われても、その……男同士ってのは初めてだし。上手く誘導できるかどうかなんか、分かんねえぞ」

「構わない。ありがとう」

ほんのりと口元が緩んだ。笑顔と呼ぶには咲ききっていない蕾《つぼみ》のような固さを残しているが、四年間サークル活動をしていて、一度も見たことのない羽鳥の柔らかい表情だった。

いけそうな気がする。

特定の恋人がいない状態で、学生時代の友人とも呼べない間柄の知り合いが告白してきた。戸惑いはあるものの、嫌悪を持つほど嫌でもない。そういえば、高校時代可愛がっていた後輩もこんな華奢な感じだったかもと思い出す。案外羽鳥のようなタイプが好みなのかもしれない。相手は期間限定、つまりは軽い気持ちでいいと言っている。しかも美味《おい》しい仕事がバックに付いていた。

これは、いける。

自問自答の末大丈夫だと確信し、こちらを見上げてくる羽鳥の肩を引き寄せた。

「じゃあ、まあ、二ヶ月間、よろしくっていうことで」

すぐ側にある顔に近づき、自分も首を倒す。さらに背中に腕を回し、相手が眼を瞑《つぶ》るのを待ち、自分も眼を閉じようとしたのだが。

……目前まで近づいても羽鳥が一向に眼を瞑らない。

「宇田川？　なんだそれは？」

その上近づいた英介の胸を押し返してきた。

至近距離で、ほぼ抱き合うような形で向き合っているのだが、胸に置かれた手によって阻ま

れている。客観的に見れば、英介が羽鳥に迫り、何故か羽鳥が拒んでいるような状態だ。

「何をしようとしている」

「え、何って……キス。だって俺ら、付き合うんだろ？」

英介の声に大きく眼を見開いた羽鳥は、明らかに驚愕《きょうがく》の表情をしている。

「え？　なんで？」

その顔に、英介のほうが吃驚した。こちらを見上げる羽鳥の表情がみるみる変化していく。眉と眉のあいだには、これ以上寄りようもないほどの皺が寄り、強い視線で睨まれた。

「君は、いきなりこんな……っ、不埒《ふらち》なことをっ、俺にするのか！」

胸に置かれた手でドンと押されて、一歩下がると同時に羽鳥の身体《からだ》も後ろに飛んだ。飛び退《すさ》ったというほうがいいような素早さだ。

「こんなケダモノじみた……行為を、君はっ！」

「ちょ、ちょっと、落ち着こう」

羽鳥の笑顔も見たことがないが、こんなふうに怒り狂う姿を見るのも初めてだ。

「ケダモノって……え？」

狐につままれたようである。

「君は今、恋人となら飯を食べに行ったり、飲みに行ったり、部屋でしゃべったりと言っただろうが」

「やることもやるって言っただろ？」

「それは最後に言った。順番的には最後だった！　飯にも飲みにも行ってないのにいきなり全部飛ばして最初に持ってくるな。吃驚するだろう」

「ちょっと待て。……ええと、もう一度整理しよう」

言っていることがおかしくないか？　と思う。付き合ってくれと言ってきたのは羽鳥のほうだ。なのに不埒だと責められるのは合点《がてん》がいかない。

「俺と付き合いたいんだよね？」

「そうだ。だが順番は守ってほしい」

「順番……ですか」

英介に合わせると言った割に、条件を吹っかけてきた。

二ヶ月でいいから付き合ってほしい。恋がしてみたい。週に一度会ってほしい。恋人として。

そう羽鳥は言ったではないか。

恋人関係とはつまり、肉体関係のことなのかと単純に思ったのだが、違ったようだ。

どうやら羽鳥の中には「恋人」というもののビジョンがあるらしかった。それならそうと、初めに言ってくれればいいのにと、憤然とこちらを睨んでいる男を見やった。

順番を守れということは、段階を踏めということなのか。

「飯行ったり、部屋を行き来したりってところから始めろってこと？」

「そうだ」

デートをし、お互いの部屋を行き来し、手を繋ぎ、キスを交わし、最終的な段階にいけということらしい。それも二ヶ月掛けて。

中学生の恋のレッスンか！　とも思うが、恋愛スキルも対人スキルも最底辺な羽鳥には、そこから始めないといけないらしい。

「なんかゲームみたいだな」

「俺は真剣にお願いしている」

相変わらず真面目な顔をして、羽鳥が英介を見上げてきた。

いけるかも、と自分で納得してみたものの、英介にとってもいきなり男同士のセックスなどはハードルが高い。それに、こちらも心の準備ができるのではないかと思い直すことにする。

「まあ、そういうことなら」

ただ、期間の猶予《ゆうよ》ができることによって、こちら側に迷いが生じ、やっぱり無理だとなったらどうすればいいんだろう。勢いで今突入してしまったほうがよかったかもなどと思ってしまう。

「要はままごとの延長みたいな感じで考えればいいのかな」

『ままごと』の言葉に、羽鳥の眉がまたピクリと上がったが、否定をしてこなかったので、そういうことなのだと理解した。

「んじゃ、まあ、恋人ごっこってのをやってみますか」

駄目だと思ったならそのときはそのときだ。土下座《どげざ》をしてでも謝ろうと、腹を括った。

「お願いする」

よく分からないまま、羽鳥との期限付きの契約恋愛というものが、スタートすることになった。


二十五歳の男二人が、『恋人ごっこ』をしようということで、八畳ほどの部屋の中で向かい合ったまま突っ立っていた。

頭を掻き、取りあえず腰を落ち着けることにする。テーブルの側にはクッションがひとつ。たぶん羽鳥専用のクッションなのだろうから、英介が使うわけにもいかず、畳の上に直に座った。英介に合わせ、羽鳥も自分の席に着いた。英介の真向かいの席、自分用のクッションを敷いている。

「ええと……」

向かい合って座ってはみたものの、今度は何を話していいのかが分からない。羽鳥はさあどうぞと言わんばかりにこちらを見据えている。こんな恋人なんかはいないと思う。

「羽鳥は普段はここで何をして過ごしてるんだ?」

「特に」

……話が終わってしまった。

「……飯はどうしてるんだ？　作ったりしないのか？」

「作るな」

「へえ。意外だな。何作る？」

「特にこれといって。簡単なものだ。カレーとか、炒め物とか。総菜を買って済ませることも多い」

「俺もだ。自分ひとりのために作るのって面倒だよな」

「いや。経済的だし慣れればどうということもないぞ」

「そうか」

沈黙が訪れた。

「あー、テレビ点けていい？」

「観るのか？」

いや。この空気が耐えられない。気を紛らわす手段というか、話題の発端を見つけたいのだ。

「何か観たい番組をやっているのか？」

「そうじゃないけど、ただ何となく」

「観るものがないのにテレビを点ける必要性は感じないが」

真顔で言われて苦笑が漏れた。合理的過ぎて反論の余地がない。

「羽鳥は普段テレビ観ないの？」

「ニュース以外は観ないな」

「そう、か」

そして羽鳥はテレビのリモコンを操作するでもなく、英介にリモコンを渡してくれるでもなく、真正面に座ったままである。必要性を感じないと判断した羽鳥は、英介の要望を聞く気もないらしい。

「……酒は？」

「飲まない」

「あれ？　でも大学んとき、飲み会に来てたよな。あんとき酒飲んでたじゃん、おまえ」

「外では飲む。家にいるときは飲まないということだ」

「そう。……」

「………」

頭を抱えてしまった。話が全然続かない。こちらの質問に端的に返してくるだけで、そこから広がっていかないのだ。こちらが話題を提供してもぶつ切りで、こいつは俺と話す気がないんじゃないかと思うような有様だった。

段階を踏めと言うが、この状態で次の段階になど到底進めない。初めて訪れた他人の家で、そうでなくても畏《かしこ》まっているのに、相手は無理難題だけを人に課し、寛《くつろ》いでもらおうという配慮も見せない。英介だけに階段を上らせ、自分から上ってこようとしないものを、どうやって引っ張ればいいのだ。

「……んで、催促したくはないが、お茶の一杯ぐらいは出さないか？」

「ああ。気が付かなかった。すまない。コーヒーしかないが。コーヒーでいいか？」

「コーヒーしかないんなら、コーヒーでいいよ」

脱力している英介を残し、羽鳥が台所に立っていった。

リビングにひとり取り残されて、解放された思いになる。美味しい仕事の話につられ、安請け合いをしたものの、すでに気が重くなっていた。

付き合ってくれと言われて度肝を抜かれた。言った本人もかなりの勇気を持っての告白だというのは理解できた。先ほどの必死な顔を見れば、少しは自分に好意でも抱いていたのかと思ったが、次の態度で覆された。

いったい羽鳥は英介に何を望んでいるのか、今になってもさっぱり分からない。

コーヒーを二人分淹れた羽鳥が戻ってきた。自分が普段使っているのだろう、マグカップと、もうひとつは湯飲みだった。

「探したんだが、カップがひとつしかなかった。確か何処かに景品でもらったものがあったはずなんだが」

そう言って英介の前に置いた湯飲みも景品だった。携帯端末の会社のキャラクターである犬の顔の絵が描いてある。

「俺はブラックで飲むから砂糖もミルクもない」

「いいよ。それで」

湯飲みを持ち上げ、湯気の立つコーヒーを啜《すす》った。何かを口にしているあいだは口がきけず、正直それが助かった。向かいの羽鳥は涼しい顔をしてコーヒーを飲んでいる。もちろん自分から話し掛けるということもない。

「煙草《たばこ》吸ってもいいか？」

顔を上げた羽鳥の眉間の皺が深くなった。

「……灰皿がないが」

どうやら煙草は嫌いらしい。

「空き缶とかないか？　何でもいいよ。ベランダで吸うし」

不快なら申し訳ないと思うが、無理やり吸わせてもらった。それぐらいは譲歩してほしいものだと思ったのだ。

酒を飲まないと言った羽鳥の部屋にはビール缶などはなく、ツナ缶を渡された。サラダにでも使ったのかと思ったが、それを聞くのも億劫《おっくう》だった。どうせ聞いたところで「使った」か「サラダには使わない」かの二通りの返事しかこないのだ。

ベランダに出てゆっくりと二本、煙草を吸った。職場では吸わないし、酒を飲んだときには多少本数が増えるが、普段は十本も吸わない煙草を、羽鳥と一緒にいたらひっきりなしに吸いそうだなと思った。

煙草を吸い終わり、それでもしばらくはベランダに立ったまま、英介は外の風景を眺めた。羽鳥の部屋は二階だが、高台にあるため視界が開けている。少し先に公園があり、子どもが遊んでいるのが見えた。

例えば、初めて訪れた人の部屋なら、この景色の感想を言い、近くに何があるのかと、話も弾んだだろう。自分の部屋に人を招けばやはり、英介もそういう説明をする。住んでいる地域の良いところを紹介し、招いた人に自分の住む場所を好きになってもらいたいからだ。

ベランダに佇む英介を、羽鳥は部屋に入ったままずっと待っている。自分からやってこようとはしない。

付き合うってなんだろうなあと考える。同性でも異性でも、多少なりとも好意を抱いた相手になら、自分のことも好きになってほしいと思う。趣味が合えば尚楽しいし、自分の好きな物を好きになってもらいたい。それは自分に興味を持ってほしいと思うからだ。

「難しいかなあ……」

多少なりとも自分に対する好意を感じ取ったから受けた話だった。英介は交友関係が広く、自分がバイセクシュアルであることも自覚している。だからといって遊び人だというわけではない。期間限定でも、恋人ごっこでも何でもいいが、英介が羽鳥に対して好意を抱けないのであれば、それはただの苦行なのではないか。それでいいのだろうかと考え始める。

そんなことを考えている時点で、申し入れを受けたことを後悔しているのだと気が付いた。

「まあでも、受けちゃったし」

さっきいいよ、付き合おうと言ったばかりで、コーヒーを飲んで煙草を二本吸っただけで、やっぱり無理ですとは言えなかった。

三本目は流石に吸う気になれず、観念して部屋に戻る。羽鳥は一センチも動かず同じ場所にいた。腰を下ろした英介にちらりと視線を寄越し、すぐにそれをコーヒーカップに戻した。

「煙草を吸うんだな。知らなかった」

「ああ、社会人になってから覚えたから」

「そうなのか」

「営業とかやってると、割とストレス溜まるのよ。ま、そんなに普段から吸ってるってわけじゃないんだけど。イライラしたときとか」

ここまで言って、これじゃあ羽鳥に対してイライラしたみたいじゃないかと気が付いて、急いで「いや、別に今ストレス溜まってるってわけじゃないからな」と笑って言い繕う。

慌ててそう言った英介に、羽鳥は顔を上げ、ほんの少し口の端を引いた。

「嘘を吐かなくてもいい」

「あ、いや、嘘じゃないって」

「俺といたらそりゃあイライラもするだろう。分かっているんだ。いい。気を遣うな」

「そんなふうに言うなよ」

低い声を出した英介に、羽鳥はゆっくりと瞬きをし、首を傾げた。

「何がだ？」

「そんな冷静な声で自分のことを評価するなよ」

「事実だから」

「開きなおってないで、そう思うなら直そうって努力しろよ。つか、そういうのが上手くできないから俺に声掛けてきたんだろ？」

変わらない表情のまま、羽鳥が英介の眼を見つめている。

確かに英介自身、今こうしてここにいることに、未だ慣れずにいる。羽鳥の言ってきた条件を安易に呑んだことを後悔もした。

だが、それを分かっているんだ、気にするなと言われても気にするし、それじゃあ何だか寂しいじゃないか。

「気を遣うなって言うけどな、おまえはもうちょっと俺に気を遣え」

英介の言葉に今度は反対側に首を傾げた。視線は英介に注がれたままだ。

「どうやって？」

真っ直ぐに聞いてくる声は、反発しているわけでもなく、本気で分からないのだというのが伝わってきた。

「教えてくれ。俺はおまえにどうやって気を遣ったらいいんだろう。どうしたらおまえはイライラしないようになるんだ？」

こいつ、気が利かないくせに、人の気分をちゃんと読んでいるんだと思った。英介が苛つき、今、後悔していることも、もしかしたら気が付いているのかもしれない。気が付いて、その先の対処が分からないのか。だから教えてくれと、真剣に聞いてくるのだ。

「まずは……そうだな。会話すんだろ？　こうさあ、言葉のキャッチボールをしようよ。飯作るんだ？　って俺が聞いたらさ、何が得意だとか、好物は何だとか、そういう話になるだろ？」

「得意とするものは……特にない」

「……こう、もうちょっと話を続けようっていう努力をしよう、な？」

「努力か」

「そう。質問してきたことに答えて終わりじゃなく、枝葉を広げて会話を続けようよ。俺は面接官じゃないんだから。つか、面接でそんな受け答えしても駄目だろ？　おまえ、よくそれで三峯に受かったな」

「面接の応答はノウハウがあるからな。特に困らなかった」

「……ほら。ここで話が終わっちゃうだろ？　どう困らなかったのか、例えば面接んときのエピソードとか披露《ひろう》してくれよ」

「そういうものか」

「そういうもんなの」

「しかし特に語るべきエピソードもないんだが」

「……あー、じゃあ昼は何食った？」

「パスタ」

「……何パスタ？」

「ツナとベーコン」

「繋がった！」

「え？」

英介を見返してきた羽鳥に、今さっき使ってテーブルに置いてあるツナ缶を指した。

「この缶、昼に使ったんだな。パスタの材料で」

「そうだが」

「終わらせんな。そっから続けろ。話を」

ほらほらと、羽鳥の次の言葉を待ち、顔を覗くと、羽鳥は難しい顔を作って考え込んだ。

「ツナ缶は……先々週、仕事帰りに……スーパーで買いました」

「そうか」

「パスタは家にあったもので……その日は買いませんでした。夜の九時頃です」

「事情聴取かよ。つうか、なんで丁寧語？」

笑って話の先を促す英介に、眉間に皺を寄せながら話を継ごうと考え込む。

「まあ、そうだよな。しゃべれって構えられたらしゃべりづらいよな」

羽鳥の苦悶《くもん》の表情を見ているうちに、何だか可哀想《かわいそう》にもなってきて、助け船を出した。

「コーヒーお代わりもらってもいい？」

英介の注文に立ち上がった羽鳥は助かったと言わんばかりだし、台所に消えていくのを見送る英介も、同じ気分だった。

「段階踏んで徐々にっつってもさあ……」

だいたい始まりからがおかしなことになっているからどうにも軌道に乗れない。誰とでも割とすぐに親しくなれると自負する英介でも、こんな状況は初めてのことで、どうしていいか分からないのだ。

コーヒーが運ばれてきて、二人で黙ってそれを飲む。少し経って今度は英介が席を立ち、ベランダに出て煙草を吸う。

これは……無理かも。

三本目の煙草を吸いながらそう思った。

翌週の水曜。出社した英介のもとに、『三峯レジデンス』から連絡がきた。大型マンションの大規模修繕について、詳しい打ち合わせをしたいから、本社に出向いてほしいというのだ。上司に報告のため飛んでいくと、何があったのだと驚かれ、大規模物件の商談に職場が俄《にわか》に活気づいた。競合を勝ち抜き、仕事が取れたら社長賞ものだぞと上機嫌の上司に肩を叩かれた。

すぐにチームが結成され、英介は『三峯レジデンス』との橋渡し役として、さっそくその日の午後、上司と共に三峯の本社へ出向くことになった。担当と挨拶を交わし、詳しい打ち合わせに入る。

三峯では大企業らしく、英介の会社を実に詳細に調べていた。今までの実績や社の歴史、クライアントへのその後のケア、評判などをすべて調べ上げ、その上で推薦先として決定したのだという。

「うちの社員が個人で掘り当ててきて、優良な企業があると推してきたんですよ」

にこやかに事の経緯を話す担当者に頭を下げながら、羽鳥の顔を思い浮かべた。

羽鳥の部屋を訪れた先週の土曜日、英介は夕方のかなり早い時間にそこを辞した。『恋人ごっこ』は気まずい見合いの場のような様相になり、どうにも収拾がつかないまま、第一回目を終了したのだ。

帰り際、「じゃあまた来週」と言った英介に、羽鳥は「用事があったら無理をしなくていい」

と言った。そう言われて素直に気持ちが軽くなった。用事を作れば来なくても済む。たぶん、羽鳥は英介のそんな気持ちに気が付いただろう。

会議室の机の上に置かれた書類に眼を落とす。

用意された資料には、英介の勤める会社の実績が、事細かく報告されている。ただ頼まれたから闇雲《やみくも》に推薦したのではなく、羽鳥自身が動き、自分の仕事の時間を削って調べ上げ、その上で推薦してくれたのだと、そのときになって初めて知った。

打ち合わせが終わり、三峯の広い社屋を歩きながら羽鳥の姿を探してみるが、もちろん見つからなかった。今頃このビルの何処かで淡々と仕事をしているのだろう。

時間を見計らって羽鳥の携帯に連絡をした。応答する声は、表情と同じに素っ気なく、何の感情も示さない。

「今日、おまえんところに行ってきた。打ち合わせをしに」

『そうか』

「ありがとうな。さっそくチームも結成されて。俺もメンバーに加えてもらった」

『ああ』

「本当に連絡がきたからさ。吃驚した」

『どうして？　約束しただろう』

仕事を紹介すると約束をした。それだけだと羽鳥は相変わらず温度の低い声でそう言った。

そこには恩に着せるという風情も感じられず、ただ約束だからそれを果たしたという、言葉通りの声のトーンだ。

「お付き合い」の約束のほうは上手くいかなかったのだから、当然仕事の話もなくなるものと思っていた。それに、頭の良い羽鳥のことだ。この関係を止めるにしろ続けるにしろ、もう少し経過を見てから動くと思っていたのだ。

「なあ、土曜の約束なんだけどさ」

『……ああ』

「どっか外に行かないか？　飯食おう、外で」

『……』

電話の向こうが沈黙した。

「おまえ、食べれないもんとかある？」

『いや、ないが』

「肉と魚と、どっちが好き？」

『宇田川』

「ん？」

呼び掛けたまま、相手がまた沈黙した。

「どうせなら酒も飲みたいからさ、夕方からになってもいいか？」

『それは……構わないが』

作戦を変えることにした。羽鳥のあの部屋で向かい合って睨み合うよりも、外のほうが気楽だし、酒が入れば話も弾むかもしれないと思ったのだ。以前、礼に一席設けるという申し出は断られていたが、やはり一度はこちら側から礼を尽くしたい。職業柄接待は得意だ。

「店探しておくから。んで、肉と魚、どっちが食べたい？　意表をついてエスニックとか？　何でもいいぞ」

しばしの沈黙のあと、『……魚』という返事がきた。

「よし、じゃあ探しとく。あとでメールするから」

約束を取り付け、携帯を切り、すぐさまアプリを立ち上げて店を探した。

電話の向こうでの沈黙は、本人が寡黙《かもく》だからというのではないのだろう。たぶん驚いたのだ。気が利かなくても、人付き合いが下手《へた》でも、羽鳥は人の気持ちが分からないわけではない。先週のあの一回で、次はないだろうと悟っていたのだ。英介が無理だと思ったことを、きっと知っている。

確かに今現在の段階では、英介もそう思っている。気の重さ、面倒臭さが八割方なのが正直なところだ。

だが、羽鳥が英介の会社を推薦するために費やした労力はその数倍だったと思う。せめてそれぐらいは返したい。それに、羽鳥本人が、英介がたった一度で音を上げたと思っているのも悔しいじゃないか。

あと一回。それぐらいはチャレンジしてみようという気になっていた。初回は英介自身も緊張し、突然の申し出に何とかしようと気負ってしまったところもある。あと一回チャレンジしてみて、それでもどうしても駄目なら、そのときに誠意を以て謝ればいい。


待ち合わせには東京駅を指定した。英介が改札を出ると、羽鳥は先に着いていた。「よう」と手を上げ英介が近づくと、羽鳥が軽く顎を引く。相変わらず笑顔を見せるでもなく、かといって休日の外出を面倒がっているわけでもないらしい。

歩きながら、駅から少し行ったところにある店の予約を取ったことを告げ、そこに案内する。

「リクエスト通り、魚料理の店な。日本酒と刺身が美味《うま》いそうだ」

これから行こうとする店の説明をする英介に、「そうか」と答えた羽鳥は、そのあと「刺身は、好きだ」と付け加えた。それはよかったと、少し下に位置する顔を覗くと、羽鳥の眉間に僅かに皺が寄っていた。

「白身と、赤身でいったら、白身のほうが好きだ。……マグロも、脂の乗った大トロよりも、中トロぐらいのほうが、いい」

「そうか。俺は大トロが好きだな。ま、そんなにしょっちゅう食べるもんでもないけど」

「日本酒はよく分からないが、うちの駅の側に、日本酒の種類が豊富な居酒屋がある」

「へえ。よく行くの？」

「行ったことはない」

即座にそう言って、次には「でも、店の前を通ると、『本日入荷』という看板が出ていることがある。珍しい種類の酒みたいだ」と続けた。

「東北地方の酒らしい。銘柄までは見ていないが、その地方の名称が書いてあるから」

眉間の皺を深めながら、まるで思い出したくない過去でも語るように、羽鳥が日本酒の話をしている。……どうやら、先日英介に会話をぶつ切りにするなと指摘されたことを、懸命に遂行しようとしているらしい。眉間の皺はその表れか。

「東北の酒かあ。何だろうな。あっちは日本酒美味いし。でも飲み過ぎるとあれ、足にくるんだよな」

羽鳥の話を引き継いで英介がそう言うと、羽鳥が考え込む顔を見せ、「……今度調べてみる」と、真面目に受け答えをしてきたので笑ってしまった。

ここへきて、英介はようやく羽鳥のこの表情が、不快感からくるものではないということを理解してきた。元々表情の変化が乏しい羽鳥は、何か感情が動くときに、まずこの表情になるらしい。

「羽鳥は日本酒は飲まないの？」

「あまり飲まない」

眉間の皺が深くなる。

「……でも、絶対に嫌というわけじゃない。足にくるほど飲んだことはないが」

話す度に眉間の皺が深くなったり、浅くなったりする。……ちょっと、面白くなってきた。

店に入り、予約された奥の席に向かい合って座った。店の売りである日本酒と、肴《さかな》は店主お任せのコースを頼む。小さなグラスを掲げ、乾杯した。

「修繕の推薦のことは本当にありがとう。上司にも驚かれた。おまえいつの間にこんな大手企業に営業掛けたんだ？　って」

「うちは端末がすべて繋がっているから、管理業務のほうも手順を踏めば、情報が手に入る。宇田川の会社を調べてみて、良さそうだと思ったから話を持っていった」

「ああ。担当の新崎《にいざき》さんに聞いたよ。凄くよく調べてくれたのな。あの短期間で」

「俺だって適当な紹介をして評価を下げたくないから」

羽鳥の言い分は尤もだ。だが、自分の仕事ではないことをあれだけ迅速に調べ上げ、それを上に通すという行為は、部署が別なだけに相当大変だったはずだ。

「感謝してる。本当に。コンペに向けて全力で準備をするよ」

「ああ。頑張ってくれ」

料理が運ばれ、しばらくは二人で新鮮な刺身を堪能する。魚が好きというのは本当らしく、出された肴を羽鳥は綺麗に平らげた。ざるの上に山盛りになったもずくを、つゆに付けてソーメンのように啜るものが気に入ったようで、二人分の量を羽鳥がほとんど食べていた。

「夏になったら岩牡蠣《いわがき》が届きますよ」

羽鳥の食べっぷりに気をよくしたらしい店主に、またその頃に来てくださいと誘われ、羽鳥の眉が寄った。感情が動くときに見せる反射の表情ではなく、明らかに困ったような顔をしたのを見て、ああ、こいつは本当に正直なんだなと思った。

たぶん、ここに次に来る機会はないと、そう思っているからだろう。英介との約束の期限は二ヶ月だ。だから社交辞令でも、次に来るという約束ができないのだと理解した。

なんて不器用なやつなんだろう。

「岩牡蠣って何月頃ですか?」

黙ってもずくを睨んでいる羽鳥の代わりに英介が聞いた。

「うちが契約しているのは三陸《さんりく》なんでね。さ来月の中頃には第一便が届くと思いますよ」

「そうですか。じゃあ、その頃また来ます」

店主の声ににこやかに答え、「な、羽鳥」と水を向けると、顔を上げた羽鳥が英介を見返した。

「牡蠣は食べられるか?」

「食べられるが」

「じゃあ、よかった。また来よう。楽しみだ」

英介の誘いに頷いたのか、そうでないのか、羽鳥が下を向き、もずくを啜った。

二時間ほどを過ごし、店を出た。再び東京駅に向かって二人で歩く。春の宵の風はまだ少し冷たく、酒で温まった身体にはちょうどよかった。相変わらずポツポツと、途切れがちな会話を交わしながら駅への道をゆっくりと行く。

駅構内に入ると、終電よりもだいぶ早い時間の駅は、まだ人で溢れていた。改札の中にあるショップもほとんどが営業していた。並ぶ店のひとつにふと足を止める。

「ちょっと、付き合ってくれないか」

羽鳥に声を掛け、一緒に入った雑貨店には、食器やタオルなどの日用品が並んでいた。

「灰皿買おうよ。俺専用の」

英介の提案に、羽鳥がこちらを見上げてきた。

「空き缶よりはこういうののほうがいいだろ。もちろん、ベランダで吸うからさ」

「宇田川」

「ん？」

「仕事のことは気にしないでいいから」

灰皿を選んでいる英介の横で、羽鳥が言った。

「プロジェクトが始まったら、もう覆ることもない」

「なんだそれ」

「今日は、その……楽しかった。ありがとう」

「んー、ああ」

まるで今日でお別れのような挨拶をする羽鳥に眼を向けないまま適当な声を出す。

「だから、俺の言ったことは反故《ほご》にしてくれていい。君も負担だろうし」

「ふうん。そうなの？」

付き合ってくれという申し入れは無効にしていいという羽鳥の言葉に、やはり適当な声を出しながら、灰皿を選んだ。

「これにしようかな。おまえ、持って帰ってよ」

「宇田川、あの……」

「ついでにカップも買おうか。俺用の」

灰皿を持ったまま店の奥に進み、今度はカップを選ぶ英介に、羽鳥がついてきた。

「コーヒーはやっぱり湯飲みよりもこういう取っ手の付いたので飲みたいな、俺」

カップのひとつを手に取り、羽鳥に「どう？」とかざしてみせる。

「次におまえんちに行ったとき、これに入れてよ」

英介を見上げた羽鳥が、何とも言えない顔をした。皺を寄せたままの眉尻を下げ、途方に暮れたような表情だ。

仕事に釣られて英介が「お付き合い」を承諾したことを羽鳥は知っている。一度承諾し、それを後悔したことも、今日誘った店が、仕事を紹介してもらった礼だったということも、きっと理解しているのだ。

そしてその礼を受け取り、終わりでいいからと言っている。

「……いいのか?」

「だって楽しかったんだろ?」

英介の問いに下を向き「……うん」と小さな返答がきた。

「ならいいじゃん。俺も楽しかったし」

「嘘だ」

「なんでよ」

拳を握り締め、棚に並ぶカップのひとつを睨んでいるから、それを手に取った。

「あ、こっちのほうがいい?」

あと一回、それが駄目だったら断ろうと思っていた気持ちはなくなっていた。

居酒屋での会話がもの凄く弾んだというわけではなかったが、羽鳥は出された料理を堪能し、店主と英介とのやり取りに神妙に耳を傾け、英介が連れていった店で、ちゃんと楽しんでいた。

「本当、楽しかったよ?」

名残《なごり》惜しいという感覚とも違うが、早く帰りたいという気持ちにもなっていない。礼の気持ちで誘った店で、英介も羽鳥と過ごした時間を、楽しむことができたと思う。

期間限定のお付き合いという提案は、驚きはしたが、今は悪くもない話だと思い始めていた。変わりたいというならそれに協力するのも悪くない。羽鳥が懸命に英介に合わせようとしているのが分かったし、健気に努力をしている羽鳥はけっこう面白く、それも悪くない。

いいのか？　俺でいいのか？　付き合ってくれるのか？　と、見上げてくる表情が、何やら可愛らしくも思えてくる。

「おまえ、選んでよ」

英介が言うと、羽鳥は眉間に僅かに皺を寄せ、また並んでいるカップに眼を落とした。

「なるべく大きめの」

「大きいの、か」

細く、長い指で、置いてあるカップのひとつを持ち、羽鳥が重さを確かめるように手に載せ、それから英介をもう一度見上げてきた。

「それにする？」

英介が言うと、迷うように一度持ったカップを置き、別のカップに眼を移した。

「宇田川は、どれがいいか？」

「そうだなあ」

腰を屈め、大小様々なカップたちを眺める。手に取って持ちやすさを確かめ、口に持っていく仕草をするのを、羽鳥がじっと見つめていた。

動物の絵が描いてあるもの。シュールな幾何学模様のもの。白地に文字の描いてあるシンプルなもの。薄手のものからどっしりとしたものまで、置いてあるほぼすべてのカップに触れて、二人して選んだ。

「あ、それいいな」

羽鳥が手に取った白地のカップには、ローマ字の『A』の字が大きく描いてあった。

「俺の名前。英介の『A』。俺専用ってことで」

「英介なら『E』だろう。『A』だと読みが『アスケ』になるぞ」

「いいんだよ。『エースケ』の『A』なの。子どもんときから俺は『A』なの」

「そうなのか。分かった」

「んじゃ、それで決まり」

レジに持っていこうと、羽鳥からカップを受け取ろうとすると、「俺が払う」と羽鳥が言った。英介が持っている灰皿も寄越せと手を出してくる。

「俺の家に置くものだから。俺が払うのが道理だ」

「そうか」

ここで誰が払うと押し問答をするのもどうかと思ったので、素直に引き下がった。

「なあ、これも買う？　圭一の『K』。こっちをプレゼントするよ。ペアでどう？」

『K』の字の入ったお揃いのカップを持って英介が笑うと、羽鳥の眉間に、英介が今まで見た中で一番深い皺が寄ったので、速やかに棚に戻した。

「お付き合いの記念とか思ったんだけどな。ま、いいか。ペアはちょっと恥ずいか」

カップを置いて振り返ると、羽鳥はすでにそこにはおらず、さっさとレジで金を払っていた。


次の週の土曜日、英介は再び羽鳥の部屋のドアチャイムを押した。

契約は取りあえず続行するということに決まり、約束通り週末の一日を一緒に過ごすべく、羽鳥の部屋を訪れたのだった。

通された部屋は先々週と変わらず、羽鳥も劇的には変わらない。ただ、英介がリビングに落ち着くと、コーヒーが出てきた。『A』の字の入った例のマグカップだ。テーブルの上には灰皿も置かれていた。

「砂糖とミルク、使うなら言ってくれ。今度……用意しておくから」

「ああ、大丈夫だよ。俺もコーヒーはブラックだから」

そうか、と小さく頷き、羽鳥は自分のカップを口に持っていった。

「テレビ観ないって言ってたよな。映画も？　ビデオ借りたりしないのか？」

「ああ。観ないな」

映画でも観るなら、借りて二人で観てもよかったと思ったが、羽鳥にその趣味はなさそうだった。

「宇田川は観るのか？」

「ああ、うん。まあ。俺も凄い好きってわけじゃないけど、話題になってるのとか、面白そうだなってのは観るな。それにほら、今はテレビでもけっこう観れるだろ？　海外ドラマなんかは嵌るとガンガンに録画して休みの日に徹夜で観たりもするな」

「へえ。面白いのがあるのか？」

「ああ。この前まで嵌ってたのは、ヴァンパイア物と、サイコパス物。ホラーに近くてさ。グロいところもあるんだけど、これが面白いんだよ」

話の内容を聞かせてやるが、羽鳥はいまひとつその面白みが分からないらしかった。だが興味がまるでないというふうにも見えなかったので、「じゃあ、観てみるか？」と、誘ってみた。

番組欄を操作し、今やっているドラマを吟味する。長く続いているシリーズ物などは、ストーリーも人間関係も複雑に入り組んでいるものが多く、単発で視聴したところで入り込めないだろうから、続き物の中でも一話完結の事件物を選んだ。

テレビ画面を正面に、二人並んでドラマを観賞した。前回のあらすじと登場人物の紹介をしている横で、英介が補足する。大筋にメインとなる事件の流れがあり、それを背景にしながら毎回小さな事件を解決していくというストーリーだ。

「これは、ホラーなのか?」

オープニングが流れ、それを観ていた羽鳥が聞いてきた。画像のおどろおどろした雰囲気にそう感じたものらしい。

「いや。これは違う。ホラーは苦手か?」

英介の問いに、羽鳥が首を傾げた。好き嫌いを明言するほどには経験がないらしい。

英介の隣で静かにドラマを観賞している横顔は、大きく動くことはないが、退屈そうにも見えなかった。黙って事件の行方を追い、ときどき英介に質問をしてくる。

途中、追い詰められた犯人と共犯者の濡れ場のシーンに入った。ドラマ特有のお約束で、それほど濃厚でもないのだが、それを観ていた羽鳥が俄に挙動不審になった。ほぼ空になったコーヒーカップを両手で包み、飲む素振りをしながら下を向いている。

長いキスシーンが続き、顔を伏せていても俳優たちの色っぽい溜息が聞こえ、カップに注がれている羽鳥の眼が泳いでいる。ベッドでの絡み合いが始まると、深く俯《うつむ》いた羽鳥の顔が上がらなくなった。

親とドラマを観ていてラブシーンが始まってしまったときのようないたたまれなさである。

「ええと……止めようか?」

はっきりと俯いてしまった羽鳥に苦笑しながらそう言った。

A

リモコンを操作してチャンネルを替えた。十秒ほど待ち、「終わったかな?」と画面を戻してみると、まだやっていた。画面を切り替え、もう少し待ってみる。この辺りから英介は笑いが止まらなくなっていた。

お付き合いのしるしにと、キスをしようとした英介に対しての、羽鳥の過剰な反応を思い出す。免疫がないというのは本当のようで、それも筋金入りなのが面白い。

身体を揺らしながらもう一度ドラマに戻すと、ちょうど事を終わらせた画面上のカップルが、満足げに事後の溜息を吐いていて、とうとう噴き出してしまった。

羽鳥は例の眉間に皺を寄せた表情を作り、英介を睨んだあとに、ふい、と前を向いた。しっかりと閉じた唇が、僅かに尖っている。

「終わったな。よかった。もう安心して観ていいよ。こういうのはさ、お約束だから」

「知ってる」

英介の声に反抗的な声を出す。

「このドラマのはまだ大人《おとな》しいほうだぞ。これで吃驚してたら、俺のお薦めのやつなんかおまえ、卒倒するんじゃないか?」

英介の笑いながらの声に、羽鳥は「そんなわけない」と反論してきた。

「突然始まったから、不意をつかれただけだ」

尚も笑いを引きずっている英介を、羽鳥が斜め下から睨んできた。ドラマのキスシーンからの数分間、何年分もの羽鳥のいろいろな表情を見せられ、面白くて仕方がない。

お色気シーンを挟んだドラマは、そこから事件解決に向けて怒濤《どとう》の展開を見せ、次回を期待させながら収束した。一時間の物語は丁寧な作りで、割と面白かったのではないか。隣でエンディングのテロップを眺めている羽鳥の顔を覗いた。

「どうだった？　こういうのは好きな感じか？」

「ああ。けっこう面白かった。無理な持っていき方がなくて、納得した」

英介の持った感想と概ね同じだったことに満足し、他にも何か面白そうな番組をやっていないかと探した。

「ああ、この時間はたいしたのはやってないな。今度さ、俺んちに観に来いよ。新シリーズのやつ、俺もＨＤＤに溜めたまま観てないのがあるから」

「面白いのか？」

「たぶんな。シーズン1から嵌ってずっと観てるんだけど。前のは消しちゃったからなあ。でも途中からでも面白いよ。それで嵌れば前のシリーズは借りればいいし、ネットでも配信してるんじゃないかな」

英介も見逃してしまえばそれ以上探して回るほど熱心な視聴者ではなかったが、もし羽鳥が観たいと思うなら、探してみてもいいと思った。

「でも、今のよりもだいぶ過激だぞ」

内容も面白いが、バイオレンスもけっこうリアルで、おまけに濡れ場も濃厚だ。それの全部を含めて英介のお気に入りのドラマだった。

英介の心配に、羽鳥はまた少しムッとしたような表情を作り、「平気だ」と返してきた。

「ドラマなんだから面白く作ってあるんだろうし、今日のは本当に不意打ちだっただけだ。初めからちゃんと覚悟を持って観ればなんてことはない」

「ドラマ観るのにどんな覚悟をすんだよ」

羽鳥の真面目な言い方が可笑《おか》しく、英介が混ぜっ返すとますます憤然として、「とにかく平気だから」と言い返してくる。

「じゃあ、決まりな。来週……と、ちょっと待って」

次の約束は自分の部屋に招こうと思ったところで携帯を取り出し、スケジュールを確認した。何か予定が入っていたような気がしたからだ。案の定、その日には飲み会が入っていた。

「あ、この日飲み会じゃん。サークルの」

大学を卒業してから、数ヶ月に一度という頻度で集まっている、テニスサークルの飲み会の日だった。メールで一斉送信された日時と場所の情報をカレンダーに入れたまま、すっかり忘れていたのだ。

「ちょうどいいや。羽鳥も一緒に行こう。おまえ、サークルのOB会に一度も顔出したことないよな。来週の土曜。予定ないだろ？」

何もなければ英介と一緒にいる予定なのだから、気軽にそう言った。メンバーにはOB会の情報は送信されているのだから、当然羽鳥の元にもメールは来ているはずだ。久し振り過ぎて、ひとりで顔を出すのに気兼ねがあるなら、二人で行けば行きやすいんじゃないかと思った。

「いや。俺は行かない。卒業してから三年も経ってるし」

「大丈夫だって」

「本当に行かない。俺が行っても困ると思う。俺は誰とも親しくなかったから」

真っ直ぐに英介を見る羽鳥の口調は、自虐《じぎゃく》で言っているわけでも、拗ねているわけでもなく、そのままの言葉通りだ。自分が行ったら周りが困る。だから行かないと、事実だけを述べている。

「そんなことはないと思うけどな」

そう言ってはみるものの、英介も強く否定はできなかった。困るかどうかは微妙なところだが、気を遣うことはあるかもと、英介も思ったからだ。本人が言うように、あの頃の羽鳥は誰とも接点を持たずただそこにいて、ひとり浮いた存在だった。

「まあ、無理にとは言わないけど」

「ああ。すまない」

「じゃあ、来週はどうする？　家に来るのは日曜にするか？」

「いや、日曜は俺が用事があるんだ」

用事の詳しい内容は相変わらず言ってこない。英介も「そうか」と、それで納得した。どうしても週に一度会わなければならないということもないだろう。無理は続かない。

「じゃあ、次は再来週ってことだな。家でドラマを観よう」

「分かった」

次の約束が決まり、羽鳥がコーヒーを淹れに立ち上がった。英介もポケットから煙草を取り出し、立ち上がる。羽鳥は「部屋で吸ってもいい」と言ってくれたが、そこは遠慮した。ベランダに出て一服する。

「なあ、あそこの公園、あれ、桜の樹?」

英介の声に、コーヒーをテーブルに置いた羽鳥がベランダに出てきた。英介の指す方向を眺め、小さく首を傾げる。

「ああ、どうだったかな。……そういえば、桜だったかもしれない。この前花が咲いていた」

「なんだ。桜の花くらい知ってろよ」

「桜くらい知っている。注目しなかっただけだ」

先々週遊んでいた子どもの姿はなく、犬を連れた老人がベンチに座っているのが見える。

「この辺、静かでいいな。高台で眺めもいい」

「そうか。そうだな。うん、眺めがいい。ここを選んだとき、確かそう思って決めたんだった」

英介の隣で下の景色を眺め、羽鳥が思い出したようにそう言った。

「駅のほうはけっこう店も並んでたな。おまえ、あの辺で飯は食わないの？」

「あまり寄らないな。けどラーメン屋にはたまに行く」

「ラーメン、美味いの？」

「なかなか美味い。三軒あるんだけど、トンコツと、東京ラーメンと、もうひとつはなんだったか……。チェーン店みたいだった」

「じゃあ、夕飯はラーメンを食いに行くか」

「そうだな」

三軒あるラーメン屋のうち、羽鳥は東京ラーメンの店によく入るということ。コンビニは使わず、スーパーで買い物をすること。料理は得意ではないと言いながら、割と何でも作れるということ。

ベランダに並んで立ち、英介に促されるまま、羽鳥が自分の話をしている。隣に並ぶ横顔は柔らかく自然で、眉間に皺もない。

こいつ油断してる、と思うと可笑しかった。今まで英介が見た羽鳥の表情は硬く、かなり緊張していた様子だ。それが今は力が抜け、英介の質問に何も考えずに素直に答えている。

恋人同士ならここでキスでもしたいシチュエーションなのにと考える。

だが、最初のときの反応と、さっきのドラマを観ていた様子を鑑みるに、今英介が突然そんな行動を起こしたら、パニックを起こしてベランダから突き落とされかねないと考え直した。

どんな反応を見せるのか、確かめてみたい衝動と、その後の惨劇を思い、いやいやいやと思い留まった。

「順番だもんな」

「何がだ？」

英介の思惑など微塵《みじん》も感じ取っていない様子の羽鳥の問いに、笑いながら「何でもない」と、また公園の緑に眼を向けた。


指定された店に入ると、すでに仲間が集まっていた。親しい顔を探している英介を、奥にいた友人が大きな声で呼んだ。「おう」と英介も笑顔を向けて靴を脱ぐ。

十五人ほども集まったOB会は、それでも少ないほうだった。乾杯をしてジョッキを当てていると、遠くの席のほうから「英介、あとでこっちにもな」と、誘いの声が上がり、そこにも手を上げて応えた。

酒を飲み、近況報告を交わし、学生の頃の馬鹿をやった思い出話をして笑い合った。職場の付き合いと違い、学生の頃の連中と飲むのは気兼ねがなく楽しかった。

しばらく経つと人が入れ替わり、英介も席を移動して、あとで話そうと誘ってくれた男の隣に座った。羽鳥と同じ大学出身の皆川《みながわ》だった。乾杯をして、ここでも近況を報告し合う。

「久し振り。元気だったか？」

「ああ。そういえばさ、羽鳥、覚えてる？　皆川と同じ大学の」

英介の言葉に、皆川は一瞬眼を宙に向け、「ああ」と頷いた。

「羽鳥圭一な。うん。覚えてるよ。ある意味思い出深い」

意味深に笑って、皆川が「あいつがどうした？」と言ってきた。

「いやさ、最近あいつと会う機会があって。今日もここに誘ったんだけどさ」

あいつも来ればよかったのに、と、そういう話になると思って羽鳥の名前を出した英介だったが、皆川は予想とは違った反応を見せた。

「……英介。おまえ、あいつ誘っちゃったの？」

え、と思い、皆川の顔を見返すと、皆川は「まずい」と言ってジョッキをテーブルに置き、手を口に持っていった。

「なんで？　羽鳥を誘っちゃまずかったのか？」

サークル内で浮いていた羽鳥だったが、誰かと仲が悪かったという覚えもない。英介の知らないところで、諍《いさか》いでもあったのだろうか。

「あいつと何かあったのか？　大学で、とか」

「いや、別にないんだけど」

「じゃあ、いいじゃないか。あいつも社会人になってだいぶ変わったよ。今回もさ……」

「誘ってないんだよ、実は」

「え?」

皆川の言葉に驚いて声を出すと、皆川はバツが悪そうにチラリとこちらに視線を寄越し、苦笑いを浮かべた。

「いや、さ。二回までは誘ったんだよ。続けて断られてさ。来る気ないんだろうなって思ってさあ。それ以降連絡入れてないんだ」

いくつかの大学が合同で活動をしていた英介たちのサークルでは、大学別に代表者をひとり立て、連絡を回していた。大学の代表だった皆川は、その連絡網から羽鳥を外していたのだった。

「ほら、あいつ、サークルんときも、なんかつまんなそうにしてたじゃん」

今日の会に誘った英介に、羽鳥はいつもの表情で「行かない」と言った。彼の性格ならそれもあり得るだろうと単純に納得したのだが、羽鳥は今日、飲み会があることも知らなかったのだ。

「悪いことしちゃったなあ」

「あー、うん。まあ、今度会ったときフォローしとくよ」

「おう。頼むよ。そうだよな。英介はあいつと親しかったんだもんな」

「え?」

思いがけない言葉に思わず聞き返す。

「だってさ、その初回のOB会のときに、『宇田川は来るのか』って聞かれたんだよな、そういえば」

「羽鳥に？」

「そうだよ。ほら、初回んときはおまえ、研修だか出張だかで欠席だったよな」

皆川が言うには、そのときに羽鳥は英介の出欠を確認し、その上で断ってきたのだそうだ。

「二回目のときはおまえの出欠は聞いてこなかったけど、やっぱり行かないって断られたんだ。それで、次にはもういいかなって、連絡自体を入れなくなったんだよな」

皆川にしても、来ないと分かっているものを毎回打診して、案の定断られるのも気分がよくなかったのだろう。大学時代の羽鳥の態度を思えば、それも致し方ないような気がした。

確かにあの頃の羽鳥は、話し掛けても反応は薄く、本当に何が楽しくて参加しているのか、英介にも分からなかった。

だけど、今の羽鳥はそんな自分を変えようと、努力を始めている。それを知っているから、誘われていないという事実に、胸が痛んだ。

あの高台にある2DKの部屋にひとりでいる羽鳥の姿を想像する。テレビは観ないと言っていたから、今頃本でも読んでいるのか。それとも案外、英介と観たドラマを検索して観ているかもしれない。興味を持ったようだったから。お色気シーンも気兼ねなく観ているかもと思ったら笑えた。

付き合い始めてからも反応は相変わらず薄いが、それでもまるでないというわけでもなく、その反応の仕方がけっこう面白いのだ。

「次んとき……は、難しいかな。でも、いつかOB会に連れてくるよ。羽鳥って意外と面白いところがあるんだぜ」

もっとあいつの良いところを引っ張り出してやりたい。真面目故に意外と素直で、無反応なようだけど、人の言うことをちゃんと聞いている。

「へえ、やっぱり親しかったんだ。英介と羽鳥って。意外だな。分かった。じゃあ、今度連れてこいよ」

皆川の声に笑って頷き、約束した。


翌週の土曜、約束通り、羽鳥が英介の部屋にやってきた。

ドアを開けた途端眼に飛び込んできた羽鳥の姿に、思わず笑いが込み上げる。

「本日は……お招きいただき……」

そう言って眉を顰《ひそ》めながらも丁寧に頭を下げる羽鳥を前に、堪《こら》えきれずに噴き出してしまった。顔を上げた羽鳥がさっそく例の怪訝な表情で見上げてきた。

シャツに細身のパンツといった、服装こそはラフなものの、羽鳥は手土産《てみやげ》を携えていた。和菓子店の名の入った紙袋を左手に、そして右手には何故か花束を持っていた。カスミソウに囲まれた黄色のチューリップ。

「どうした。プロポーズか？」

花束を抱え、神妙な面持ちで玄関先に佇んでいる羽鳥に笑いながら言うと、羽鳥は相変わらず英介の言葉を直球に捉えて、「違う」と真面目に否定した。

「まあ上がれよ。土産までわざわざ持ってきてもらって。ありがとうな」

羽鳥を招き入れて台所に入り、湯を沸かしながら取りあえずもらった花束をほどき、花瓶に放り込んだ。リビングにしている部屋に戻り、真ん中にあるローテーブルの上に置いてみるが、花を挟んで向かい合うのもおかしな気がして、テレビ台の横に置き直した。

「花瓶があってよかった」

土産に持ってきておいて、そんなことを言う羽鳥にまた笑ってしまう。

「ああ。一人暮らしを始めるときに、なんでだか親が荷物ん中に入れてきたんだよ」

それにしてもと、テレビの横でやたら存在感を出している黄色のチューリップたちを見て、英介はまた笑った。

「花とは驚いたな。和菓子ってのもなかなか渋い選択だ」

「駅前にある和菓子店で、前に……親戚の家に持っていったら喜ばれたから」

「へえ」

親戚付き合いは普通にしているんだと、失礼にも感心してしまった。

「花は、ここに来るときに通りがかって。何となく」

「そうか。うん。こういうのもいいもんだな。チューリップってのがまたいいよ。春らしい」

英介の部屋を訪ねてくる途中に羽鳥がこの花を眼にして、気まぐれにせよこれを購入しようと思ったことが、何となく嬉しい気がした。

「コーヒーでいいよな」

「構わない」

二人分のコーヒーをリビングに運んでくると、羽鳥は英介の部屋を珍しそうに眺めていた。部屋に入ってきた英介を振り向くと、眉を顰めながら恥ずかしそうにするという、器用な表情をしている。

「そうそう。ビデオ、一応シーズン1から借りてきた」

先日言っていたドラマのシリーズを用意していた。どうせ観るなら最初からのほうが楽しめると思ったのだ。

「だって宇田川はもう観たんだろう?」

「ああ。でも俺ももう一回最初から観たいから。じゃあ、さっそく観るか?」

ディスクをセットして観賞の準備をする。

「嵌るといいな。俺はけっこう面白いと思うんだけど」

リモコンを操作し、二人並んで本編が始まるのを待つ。羽鳥は大人しくテレビ画面を見つめていた。

「言っておくが、この前のより過激だからな。R指定だし」

「そうなんだ」

「耐えられなくなったら言ってくれ。一応軽いコメディシリーズも借りてあるから」

「大丈夫だって言っているだろう」

言い張る横顔が憮然としている。

英介が用意したドラマはヴァンパイア物だった。冒頭からヴァンパイアが人間を襲っている場面で、いきなり血飛沫《ちしぶき》が飛んだ。

苛烈な戦いに夢中になっていた英介だったが、ふと気が付いて隣を窺うと、羽鳥は体育座りをして画面に見入っていた。ヴァンパイアの男が刺され、『ギヤアアァアア』と叫ぶのを観ながら膝を抱えた手がギュッと握られている。

隣同士にあった二人の身体が僅かに近づいていた。羽鳥の尻に敷いてあるクッションの位置は変わらず、身体だけが英介の側に寄ってきている。可笑しくて笑いそうになったが我慢した。気が付いた羽鳥が元の位置に戻るのが、惜しいと思ったのだ。

戦いが一段落し、羽鳥が詰めていた息を吐いた。

「初っぱなからけっこう凄かったな」

英介が言うと、こっくりと羽鳥が頷いた。

「不死身なのに、痛みを感じるのが、な」

声は平坦だが、眉を顰めた顔は相当痛そうだ。

「そこが見どころのひとつになってるんだ」

「うん。これで痛みも感じなかったらただの残酷物語だ。痛みもあるし、感情もあるんだな。恋もするし」

「そうなんだよ。吸血鬼側だけど人間を庇《かば》うやつも出てくるから話が複雑になっていく。上手く作ってあるよ」

「人気があるというのも分かる。人物紹介を絡めながら、ちゃんと話が構成されている。面白いよ」

「そうか。よかった」

思い出したようにコーヒーを飲みながら話をした。薦めたドラマを気に入ってくれて、会話が弾む。それがとても楽しいと思った。

一話目が終わり、続けて二話目が始まった。ヴァンパイア同士の争いはますます苛烈なものとなり、また、お約束のお色気シーンもやってくる。

気付かれないようにそっと隣を窺うと、羽鳥は変わらず体育座りをしながら、少し居心地が悪そうに画面を見ていた。事前に伝えていた通り、シーンはかなり濃厚だ。茶々を入れて笑い飛ばしたいが、何故だか自分のほうがぎこちなくなってしまう。

コーヒーカップを取ろうとしてテーブルのほうへ身を乗り出したら、つられるように羽鳥も動き、元の位置にさりげなく戻っていった。

残念だと思った。次にはもっと飛び上がるようなドラマを用意しようかなどと考えてみる。

「これは、何話まであるんだ？」

二話目が終わったところで、羽鳥が聞いてきた。

「全部で二十三話だな。一枚に二話ずつ入っていて、初回だけ三話収録されていたはずだ」

「そんなにあるのか。とても観きれないな」

「泊まっていけばいい。どうせ明日も休みだろ？」

英介の気軽な誘いに、羽鳥が僅かに眉を顰め、首を傾げた。今はこれが羽鳥の逡巡の表情なのだと知っている。嫌がっているのではない。戸惑い、遠慮しているのだ。

「俺も別に用事もないし。せっかく借りてきたんだ。一緒に観たほうが楽しいし、な」

笑い掛けるとますます眉間に皺が寄り、眼を泳がせている。

「しかし……」

「明日用事があるのか？」

「ない」

即答に笑い、「じゃあ、決まった。夜はピザでも取ろうか」と、話を進めた。ビールのストックもあるし、ゆっくりとビデオを観ながら休日を過ごせばいいと提案した。

「けど、何の用意もしていない」

「着替えなら貸すし、歯ブラシも新しいのあるよ。なんだ？　人んちに泊まるの初めてか？」

茶化して言ったつもりだったが、羽鳥が「そうだ」と答えてきたので黙ってしまった。

「もちろん学校の行事で泊まったことはある。会社の研修でも合宿があったし」

「ああ、まあ、……なんだ。初めてのお泊まりになるわけだ」

「なんだその言い方は」

「いやいやいや。そうかそうか」

「だから違うと言っている」

ムキになって言い返してくるのが可笑しくて、「じゃあ、楽しいお泊まり会にしような」と笑う英介を羽鳥がまた睨んできた。


ビデオを五話まで観たところで一旦中断し、ピザを頼んで夕飯にした。

ビールを飲みながら、ゆっくりとドラマを楽しむ。テレビに顔を向けると、隣に置いてある黄色のチューリップが眼に入り、その度に気持ちが和むのが可笑しかった。

「花なんてわざわざ買うこともないけど、あるとけっこういいもんだな」

瑞々しい花の色に眼を細めながら、英介はずっと前に、ある人に花束を贈ったことがあったのを思い出していた。

「大学んときにさ、付き合ってた人がいて、俺も花を買ってプレゼントした。あれはバラだったけど」

「バラは高かったんだ」

「そうか。そうだよな」

羽鳥の現実的な答えに明るい声で笑った。

「奮発したんだよ。プロポーズのつもりだったから」

バイト先で知り合った四つ年上の人と付き合っていた。かなり本気で恋愛をしていた。

「こっちは二十歳そこそこで、相手は短大出で社会人生活が長かった。しっかりした姉さん女房タイプで、俺けっこうメロメロだったんだよな」

「想像できないな。メロメロな宇田川が」

「そう？　俺、案外一直線なタイプよ？」

彼女に合わせ、精一杯背伸びしていた。向こうにしてみれば可愛いものだったのだろう。付き合いは楽しく、それがその先も続くと思い込んでいた。

「向こうは仕事してて、こっちはチャラい学生だろ。時間が合わないのは仕方がないし、忙しいって言われても、健気に我慢してたわけよ。そのうち卒業して俺も就職したら苦労も分かるだろうって、寛大な男を演じてた。つか、まあ無理してたんだけどな」

逢いたいと思っても自分の都合で相手を振り回せない。ならその時間を、自分なりに満喫しようと学校生活やサークル活動に精を出していた。「気楽でいいね」と言われても、学生最後の楽園生活だと答えていたし、実際そうだと思っていた。

「三年のとき、そろそろ就活が始まるってときにいきなり、実は仕事先の人に交際を申し込まれてる、迷ってるんだって言われて。こりゃあ、試されてるんだな、俺、って思ったわけ。単純だから」

学生と社会人で、時間の感覚も価値観も違い、また、彼女の勤め先はどういうわけか婚期が早かった。職場の同僚や取引先の人とくっつき、皆早々に結婚退職していくのに焦りを覚えたのだと理解した。

「就職先はまだ決まってなかったけどさ、確約が欲しいんだなって思った。こっちはそういう気持ちがあったし、向こうもそれを待ってると思ったんだ。能天気な話だけど」

「それで、バラの花束を持ってプロポーズしたのか？」

「そ。けっこう頑張ったんだぜ。就活用のリクルートスーツ着て、何本だったかなあ、デカイやつ作ってもらって、花屋に『頑張れよ』って応援してもらった」

あのときの自分の昂揚した姿を思い出し、苦笑いが漏れた。

「『ごめんなさい！』って、頭下げられた。迷ってるって言ったからこっちは決断させてやろうって行動起こしたのに、迷ってたのは、俺とのことじゃなかったんだよ」

彼女にとって英介は、気軽に遊べる年下のボーイフレンドのひとりだったのだ。就職先も決まっていない英介と将来を約束するつもりなど微塵もなく、要するに彼女の『迷い』とは、別の男との交際を受け入れ、結婚に踏み切ろうかどうしようかということで、そこに英介の存在はなかった。

「吃驚した。え、俺のこの緊張と決心はなんだったの？　って呆然としたね。あんときの自分の顔、鏡を見たわけじゃないんだけど、どんな顔してたかっていうのが自分で分かってさ」

カラカラと笑って過去の苦い恋を語る英介を、羽鳥は黙って聞いていた。そこには蔑みの色もなければ同情の色も見えず、淡々と英介の話を聞いている。

「その人は、馬鹿だな」

動かない表情のまま、羽鳥が言った。相変わらず平坦な声は慰めにも聞こえないが、それが却って心地好い。

「君と結婚していたら、その女性はきっと幸せだったろうに」

「分からないよ」

「いや。絶対に幸せになれる」

「その、選んだ人と幸せに暮らしてるかもしれないし」

「ああ、そうか。そうかもな」

あっさりと肯定されて、ガクッと身体を崩す仕草をした。

「なんだよ。慰めてくれたのかと思ったのに」

「すまない」

今気が付いたように謝られ、英介は声を立てて笑った。

「思ったことを言っただけだ。その彼とも幸せになったかもしれないが、宇田川となら絶対に幸せだっただろうなと思ったから」

「あー、……うん。ありがとう」

気が利かなくて、歯に衣《きぬ》を着せるということもしない羽鳥は、ときどき思いも寄らない方向からこうやって人を褒めてくるから対処に困る。

「宇田川」

「なんだ?」

「つらい恋だったな」

真顔で見つめられ、ビールを噴きそうになった。

「……あー、いや、だいぶ前のことだし。今となったら別にどうってことない馬鹿話だろ?」

慰めろと言われ、律儀に慰めに掛かっているらしい。

「そうか。つらい恋の体験が、君を成長させたんだな」

「そんなたいしたもんじゃないって」

「俺なら喜んで受け取っただろうに」

「何を?」

「そのバラの花束」

眼を逸らさないまま羽鳥が言ってきて、ビールを持つ手が震えないように、テーブルに置いた。どう対処すべきかと、頭の中で忙しく考えを巡らせる。

「ええと……」

英介の過去の恋の話を聞き、自分だったら受け入れると言っている。それはつまり、英介のことが好きだと告白しているのか。慰めの延長で、次の段階へ突入していいということなのか。

英介が泊まれと誘ったときの逡巡を、ただの遠慮だと思っていたのだが、羽鳥にとってはそこまで決意を固めてのことだったのかもしれない。

だけどまだ手も握っていない状態で、進んでもいいものだろうか。こっちの心の準備もまだできていない。というか、それでいただきます、なんて手を出したら、またいつかのように突き飛ばされる羽目にならないだろうか。

「だって、高かったんだろう?」

「え?」

「バラは高い。そんな大きな花束なんかもらったら、俺なら喜ぶ」

目の前で、未だに真面目な顔をして英介を見つめている羽鳥を呆然と見返す。

冗談なのか、何なのか。今ひとつ摑めない。ただひとつ分かっているのは、迂闊《うかつ》な行動を取らなくてよかったということだけだった。

「花もらって嬉しいのか?」

「それは嬉しいだろう」

「意外だな。へえ、喜ぶんだ。小躍りして喜ぶ?」

「小躍りはしない。花が好きなだけだ」

「花が好きなんだ。へえ。おまえってけっこう意表つくよな」

「なんだそれは。別にいいだろう」

「いいよ? 全然」

「見ていれば和む。それだけだが」

「桜知らなかったくせに?」

「桜ぐらい知っている。馬鹿にするな。あれはチューリップだし、一緒にあるのはカスミソウだ」

テレビの横にある花を指して憮然として羽鳥が言い、英介は声を上げて笑った。

借りてきたビデオを八話まで観たところで、今日は寝ようということになった。ドラマも楽しいが、飲み始めてからは会話を交わすことのほうが多くなり、ストーリーは二の次になった。明日もあるし、観きれなかったらまた借りてくればいい。

英介の部屋着を貸し、寝室のベッドの下に客用の布団を敷いた。風呂から上がってきた羽鳥が神妙な面持ちで寝室に敷いてある布団を凝視《ぎょうし》している。羽鳥の着る長袖Tシャツの袖は手の甲まで隠れていた。そんな風体《ふうてい》で所在なく立っている様子が、初めて他所《よそ》の家に泊まる親戚の子のようで笑ってしまう。

「明日はゆっくり寝ていいような」

「ああ。もうこんな時間になっていたのか」

すでに十二時を過ぎている。酒もけっこうな量を二人で飲んでいた。

電気を消し、お互いの布団に入る。部屋は真っ暗で、何も見えなくなった。

「俺、暗くないと寝られない質《たち》なんだ」

「構わない」

酒が入って眠いはずなのに、まだ眠気がこない。英介は一旦閉じた眼をまた開けた。

久し振りに人を部屋に泊めたりしているから、興奮しているらしい。子どもみたいだなと、また可笑しくなる。何となくここ数週間、英介は笑ってばかりいる。

「そうだ。先週サークルのOB会に行ったんだけどさ」

今思い出したような声を出し、唐突に言った。本当はいつ切り出そうかと思いつつ、口に出せずにいたのだ。思いの外楽しい時間を過ごしているうちに、その空気が壊れるのが嫌だったからだ。

「皆川、覚えてるか？」

「ああ」

ベッドの下から相変わらず温度の低い声が聞こえてきた。

「会いたがってたぞ。今度連れてきてくれって言われた」

「そうか」

「何回か誘ったんだけど、ほら、おまえ断ってただろ？　しつこく連絡入れて、何度も断るのも気兼ねだろうって遠慮していたって言ってたぞ」

そんな言い回しを使い、皆川をフォローした。嘘は言っていない。

「偶然会って、最近ちょくちょく顔を合わせてるんだって言ったら、懐《なつ》かしがっていた。連れてこいよって約束させられたんだ。今度行こうぜ」

「うん」

英介の誘いを、羽鳥は断らなかった。

「気を遣わせて悪かった」

「なんだよ。気なんか遣ってねえよ」

思わず強い声が出た。

「誘われたときに、知らされてないって言えばよかったんだけど、言えなかった。見栄を張ってしまった。……恥ずかしいな」

暗闇に紛れ、羽鳥が小さな声で言った。

「サークルでは、俺は態度が悪かったから。浮いていたのも知ってたし、あの頃はそれを何とも思っていなかった。適当な連中だなって思ってたけど、適当に合わせることができなくて。億劫だったし」

あの頃の羽鳥の様子を思い出しながら、黙って聞いていた。

「昔から、人に合わせるのが苦手だった」

聞こえてくる声は相変わらず静かで、感情の色が見えない。

「小学校のとき、俺は担任に嫌われていて。通信簿に最低評価を付けられたことがある」

テストはほぼ満点だったのに、学期末に渡された通信簿は、もらったこともないような最低評価だったのだという。親は仰天《ぎょうてん》し、学校に問い合わせた。幼少の頃から優秀な息子に何が起こったのかと慌てたようだ。

「とにかく、授業を受ける態度が良くないって。教師を馬鹿にしていると言われた。そのときの担任は何というか、人気取り先行で、他がいい加減な人で、確かに馬鹿にしていた」

ウケを狙った小話で笑いを取り、何度も同じ話を繰り返す。学校は勉強よりも大切なものを学ぶ場だと言い、それはいいが、代わりに授業はおざなりだった。

「授業中に間違いを指摘したら、嫌みを言われた。『君は人の揚げ足を取るのが得意だね』って。面倒になったから、無視して自分だけで教科書を進めることにしたよ。授業が進まないんだから仕方がないだろう」

淡々とひとりで学習し、教師の戯言《ざれごと》にも耳も貸さず、笑いもしなかった。その結果の通信簿の評価だった。

「母親は担任に頭を下げて、話を聞いた父は憮然としていたよ。通信簿の生活欄に『人に好かれる努力をしましょう』って書いてあった。不思議だと思ったよ。誰の邪魔をしたわけじゃないし、喧嘩《けんか》もしていないのに、俺はクラス中から嫌われていた」

学期が変わり、クラスの係を決める段になって、担任はクラス委員長にどういうわけか羽鳥を推薦したのだという。

「クラスのリーダーになれば、少しは協調性が培《つちか》われるだろうって言われたな。『先生は羽鳥を推薦します。みんなはどうですか？』って、学級会の席で先生が言った。結果、先生の意見は却下されたよ。誰も俺を委員長にしたくないと言った。別の子が推薦されて、多数決になった。全員がその子に票を入れた。先生は『残念だったな』って笑っていたよ」

「……酷いな。吊し上げじゃないか、それって」

頭が良く、人より早く自立心が育っていた羽鳥を、疎ましく思ったのだろう。教師という権限を使って生徒の意識を扇動《せんどう》した。羽鳥にも非はあったのだろうが、それにしても酷い仕打ちだ。

「人に好かれる努力ってなんだろうと思った。クラスの全員が俺を選ばなかったことに俺は落胆して、選ばれるために努力をしなければならないんだろうかって。別にクラス委員長になりたくもないのに」

その声は傷付いているようでもなく、本当に不思議そうだった。普通にしていて勝手に嫌われ、努力しろと言われ、だけど誰もその方法は教えてくれない。

「中学に入って、生活が新しくなって、こんな俺でも友だちができた。彼に誘われて一緒にテニス部に入った。テニスは楽しかったよ。けど運動部の理不尽な序列が苦手で、結局すぐに辞めた。テニスはやりたかったんだけどな」

「それで大学で俺らんところに入ってきたんだ」

「そう。大会で優勝を目指すようなサークルじゃなかったし、気楽にできるかと思って」

「それは正解だったな」

「うん。中学のときにはすぐにこういうのに向いていないって思った。上達するためなら努力もするけど、まるで関係ないことに我慢を強いられるのは納得いかない」

羽鳥の所属していたテニス部は、そこそこの強豪で、伝統的な年功序列のいわゆる体育会系だった。元々協調性のない羽鳥はすぐに目を付けられ、集中的にしごかれたのだという。

「何をやっても、やらなくても怒鳴られた。ときにはコートの隅に練習が終わるまでずっと立っていろと命令された。俺が反抗的な態度を取ると、連帯責任だといって、一年全員がしごかれるんだ。おかしいと思ったよ」

それがチームというものだと、怒鳴りながら従わされる。納得がいかなかった。同じ一年の部員にも、頼むから波風を立てないでくれ、嘘でもいいから合わせろよと言われ、辞めたのだという。

「俺はそこまでしてテニスをやりたいのかと考えて、そうじゃなかったから辞めた。協調性のないやつだと、そこでも言われた。こんな我慢を強いられるぐらいなら、協調性なんかいらないと思った」

結局は集団行動ができないのだと、羽鳥は自分に結論づけた。

「人に煩《わずら》わされるのも、無理して合わせるのも嫌いだ。結局……性格が悪いんだよ」

長年そうやってひとりで世界を完結させ、特に不便もなくやってきたのだろう。なまじ頭が良いだけに、学生のうちは大概のことがそれでまかり通る。

「最初に家に来たとき、宇田川は仕事で困ったことやトラブルがあるのかって聞いてきただろう？　トラブルはないが、正直に言うと、少し行き詰まっている」

「そうなのか」

「うん。学生の頃は、与えられた課題をこなしていればよかった。調べるのは苦にならないし、リサーチや統計は得意だ。どれだけ時間を使っても、そういうのは楽しい」

「ああ、そうだろうな」

土地を見つけ、周辺を調べ、将来そこがどう変わっていくのか。それを予測し、より有益な誘致の条件を模索する作業は楽しいし、自分に向いていたと言った。

「だけど、人が住むということは、数字だけで進められない」

それに気付いたとき、同時に自分の最大の欠点にも気が付いた。

「条件を満たして、上物を建てて人を詰め込むんじゃない。肝心なのは住む人の気持ちだ。要は『人が好き』だというのが、大前提としてあったんだよ。俺は……とにかくそういうのが苦手だから」

周りが無理なくできることが自分には難しい。それはずっと羽鳥が避けてきたことだからだ。

「家族ともそう。俺は人と一緒に住むのに向いていない。そんな俺が、居心地の好い生活空間なんか作れるわけがない」

「それを変えたくなって、俺に声を掛けてきたのか」

羽鳥が急にあんな提案をしてきた理由が分かった。行き詰まり、悩んだ原点はやはり仕事のことだったのかと腑に落ちた。同時に少し——ガッカリもした。もっと別の、何か特別な理由があって、英介に連絡をしてきたのかと思っていたのだ。

最初の申し入れのとき、羽鳥は「きっかけ」があって、自分が変わりたいと思ったのだと言っていた。そのきっかけとは、実は英介との再会だったのではないかと、自惚《うぬぼ》れていた。大学のOB会で、英介の出欠を確かめたと聞いたとき、朧気《おぼろげ》な自惚れが確信に変わった。

だが、それは英介の完全な勘違いで、羽鳥は自分を変える方法を模索している最中に英介と再会し、白羽の矢を立てたというだけのことだったらしい。

「病院で偶然再会したとき、君は自然に俺に座れよって言ってきただろ？　あのとき、ああ、変わっていないなって、そう思った」

肩透かしを食ったような気分の中、羽鳥があのときの再会を語っている。

「そうか？」

「ああ。学生のときも、君はそうだった。接点は少なかったけど、顔を合わせれば『よう』って手を上げてきた。久し振りに会って、それを思い出した。少し嬉しかった。だから、思い切って君に頼んでみることにした。宇田川は誰にでも好かれるから」

「そんなこともないよ。俺にだって苦手なやつもいるし、気の合わないやつだっている」

「そうだろうな。でもたぶん宇田川はキャパが広いんだと思うよ」

「キャパ、かあ」

「そう。人を受け入れる、そういうキャパが広い。そして俺はもの凄く狭いんだ。……羨《うらや》ましいよ。宇田川みたいには、なりたくてもなれないから。人に好かれなくても、せめて嫌われないようになりたいものだ」

「俺、別におまえのこと嫌いじゃないよ?」

「……」

ベッドの下が沈黙した。

「おまえ、面白いし、意表つくし、けっこういいやつじゃないか」

褒めてもらったからというわけではないが、羽鳥の良いところを並べていると「そんなわけない」と否定の声が聞こえた。

「それに、何かちょっと可愛いし」

最後の評価に、また長い沈黙が続いた。寝たのかと思っていたら、ゴソゴソと寝返りを打つ音が聞こえ、その音に紛れ「なんだそれは……馬鹿」という声がした。

灯りを点けておけばよかったと、後悔した。羽鳥が今どんな顔をしているのか、是非見てみたい。

「宇田川」

「ん?」

「俺は、ゲイだ」

「……ああ、うん」

暗闇の中、ゴクリと喉を上下させた。この状況で、この告白は決定的だ。

『お付き合い』が始まってからだいぶ経っている。頃合いとしては丁度いいのではないか。思えばやはり、先ほどからの羽鳥の言動は、英介に対するサインだったのだと確信した。向こうからやってくるのか、それともこちらから行くべきか。羽鳥の経験のなさを考えれば、やはりこちらから行くべきだろう。

ゴムはある。しかし専用のローションは袋に入ったまま洗面所に置きっぱなしだ。羽鳥に見咎められて、何のつもりだとまた罵声《ばせい》を浴びせられるかと思って、隠していたのが裏目に出た。

「調べてはみたんだ」

「何を？」

忙しくこれからの計画を立てている英介に頓着《とんちゃく》なく、羽鳥が言った。

「ほら、俺のような、いわゆる同性愛者が集う場所というのがあるだろう？」

「……ええと、集う場所って、ゲイバーとか、そういう？」

なんだか雲行きが怪しい。

「そうだな。そういう店もあるし、単刀直入に相手を募集しているサイトもある。ハッテン場というところは、なかなかディープな場所のようだ」

「ちょっ、おまえ……まさか行ったんじゃないだろうな」

驚いて、大きな声が出た。

「……」

「おい！」

「……出掛けていった」

「マジでっ？」

ベッドから起き上がり、真っ暗な中、自分の下にいるはずの羽鳥を見下ろした。

「いつ？」

「先週の土曜。宇田川がOB会に行っている頃だ」

「本当かよ」

「ああ。宇田川ばかりに頼るのも、どうかと思い……」

「遠慮の方向性が間違ってるぞ。別にいいよ。頼っとけば」

「いや、そんなわけにはいかないだろう。まさか」

「まさかって。……えー……？」

「当たり前だろう。振りでいいって言ったじゃないか」

「言ってたよ。言ってたけどさあ……」

じゃあ、付き合ってくれっていうのはどういうことだったのかと聞きたい。恋がしたいと言ったじゃないか。順番を守れ、最後のものを最初に持ってくるなと言ったのは、最後に持ってこいってことだったんじゃないのか。

本日何回目かの肩透かしは、最大級のものとなった。

羽鳥の言う『恋人ごっこ』とは、本当にままごと遊びの延長で、本物の恋とは切り離して考えられていたものだと、今知った。そしてその事実に、かなりガッカリしている自分に驚いた。

「だからって……ハッテン場はどうかと思うぞ」

心臓がまだバクバクしている。羽鳥の言葉を誘いだと勘違いし、飛び掛からないでよかったと、心底ホッとした。とんだ恥をかくところだったじゃないか。

「だから俺も俺なりに頑張ろうと思ったんだ。だけど、途中で帰ってきてしまった。勇気を出してみたんだが、やはりいきなりはハードルが高過ぎた」

こいつにはちゃんとした会話の流れというものを、一から教えないといけないと思った。話に脈絡がなく、しかもポンポンと爆弾を落としてくる。

「高過ぎなんてもんじゃないだろ。そんなところで勇気出すなよ。なんつう無謀なことしてんだよ。何かあったらどうすんだ」

「あるはずがないじゃないか。外国じゃあるまいし。互いに出会い、冷静に話し合えば……」

「そういうもんじゃないんだよ。何やってんだよ、危ねえなあ！　馬鹿か」

「……人に馬鹿と言われたのは初めてだな」

ベッドの下から不穏な声がした。さっき人には言ったくせに、自分が言われて怒っている。

だが、羽鳥の起こした行動は、本当に馬鹿なことだと思ったから否定も謝りもしなかった。

「危ないって忠告してんの！」

「結局そういうことはなかったんだからいいだろう。俺にはまだそういうのは早いのも分かっている」

「まだ早いとか、そういう問題じゃねえだろ。絶対行くなよ、そんなとこ」

「……」

「おい、返事しろ。行くなよ」

「約束はできかねる。行きたいところは自分で決めるし、指図は受けない」

意固地になったような声を聞き、ああもう、とベッドに身体を横たえた。他人の家に泊まったこともないくせに、やることが突拍子もなさ過ぎる。

「……指図じゃない。心配してんだよ。俺もああいうところの実情はよく知らないけど、おまえが思ってるような穏やかな場所じゃないぞ。いくらおまえが冷静に話し合おうとしても、相手側に悪意があったら話にならないだろ?」

「そういうのは見極める」

「見極めてもな、遅いってこともあるんだよ。おまえ、そんなところにのこのこ顔出して、まるっきりの初心者面してぼーっとしててみろ。すぐに喰われちまうぞ」

「詳しいんだな」

「おまえよりは世間を知ってるってだけだ。だいたい、ああいうところは恋愛相手を探しに行くところじゃない。ぶっちゃけ、やりに行くところだ。おまえはそういう相手を探してるのか?」

「……違う」

「じゃあ、止めておけ」

「分かった」

「本当だな。行くなよ。絶対に」

「分かったって言っている。嘘は吐かない」

「ああ。信用してるからな」

「こんなに怒られるとは思わなかった」

「怒るっていうか、マジで心配したんだよ。ていうかおまえ、俺というものがありながら、そんなとこ行ってんじゃねえよ。浮気すんな」

冗談めかした英介の声にモソモソと動く気配がして、また「馬鹿」という呟きが聞こえ、思わず笑ってしまった。

まったくとんでもないことをしてくれる。布団に入ってからの数十分間、こいつに何度爆弾を落とされたことだろう。勘弁してくれよと思う。

その前からも、プロポーズした花束が欲しいとか、普通に聞いたら絶対に勘違いをするところだ。ゲイだと告白をしておいて、誘っているのかと身構えればハッテン場ときたもんだ。そんなところに行くぐらいなら、俺にしておけと言いたくもなる。

それにしてもと苦笑が漏れた。人騒がせな男だ。病院で再会してからこっち、英介は羽鳥に翻弄《ほんろう》されっぱなしだ。

「しっかしおまえも……面白いやつだな」

不器用で言葉足らずの羽鳥が、今日はいつになく饒舌《じょうぜつ》だ。他人の家に初めて泊まっているという興奮もあるのだろう。羽鳥が静かにはしゃいでいる。そのはしゃぎ方が可笑しい。

「まさか。面白いわけがないだろう」

「いや。相当面白いよ？」

笑いながらの英介の声に返事はなく、寝返りを打つ音がした。

そういえば、とふと気が付いた。羽鳥には随分笑わせられている英介だが、羽鳥の全開の笑顔はまだ見たことがない。

いつか、見たいと思った。


視線を感じて眼を開けた。薄暗がりの中、誰かがじっとこちらを見下ろしている。

「……おはよう」

「おはようございます」

抑揚のない挨拶が返ってくる。眼を擦りながら、ああ、羽鳥を泊めたんだっけと思い出した。

何時なのか。外はすでに明るくなっているらしく、カーテンが閉まっていてもそれは分かった。

寝ぼけたまま眼を擦っている英介を、ベッドの下で正座をしたまま、羽鳥がまだ見下ろしてくる。

「ええと。……なに？　襲う？」

昨夜の会話のいろいろなことを思い出しながら聞くと、「馬鹿を言うな」という返事がきたので笑った。

「何時？」

「九時だ。コーヒーでも淹れようかと思ったんだが、勝手をするのも悪いと思い、起きるのを待っていた」

「待ち方可笑しくね？　つか、ずっと人が寝てんの見てたのかよ。恥ずかしいだろ」

「そうか。すまない」

「目ヤニとか付いてたらやだし」

「付いていない。綺麗だ」

「……出た。爆弾落とし」

なんだそれはという声に、何でもないよと笑いながら伸びをした。

「さて、じゃあコーヒーを淹れるか。パンでも焼く？」

「ああ。腹が減った」

ベッドから下りると、布団の上で正座をしていた羽鳥も立ち上がり、台所に向かう英介のあとをついてきた。

「初めてのお泊まりの感想は？」

英介の問いに、「特にこれといった感慨はないな」と言われて噴き出した。

「なんだよ。ドキドキして寝られなかったとか言ったら面白かったのに」

「寝られないかと思ったら、案外すぐに寝られた。ドキドキは別段しなかった。面白くなくてすまない」

「いや。充分面白いよ」

羽鳥にコーヒーを淹れさせ、自分はトーストを焼いた。英介の服を着た羽鳥の袖は相変わらず長く、手の甲まで隠したままお湯を注いでいる。隣にある横顔は相変わらず静かだが、頭の後ろが跳ねていた。

ピョン、とそこだけ跳ねた髪を見て、また笑ってしまった。

さて今日は何をして遊ぼうかと、湯気で温まっていく台所に立ちながら、英介は考えていた。


用事ができたから、土曜はキャンセルで、と連絡がきたのが金曜の夜だった。

その日は仕事帰りに同僚と軽く飲んでいて、羽鳥《はとり》からのメールを居酒屋で受け取った。相変わらず用事の内容は入っておらず、伝達事項だけが書いてある。連れもいたので、折り返し電話をするのも憚《はばか》られ、英介《えいすけ》からも了承だけを送り返した。

土曜になり、英介は溜まった雑事を片付ける以外はすることもなく、部屋で過ごした。他に約束もしていないし、これから用事を作って出掛けようとも思わなかった。洗濯をしてテレビを観たり、パソコンを弄《いじ》ったりして時間を潰した。

「なんだよ。DVDも観ないうちに返さないといけないじゃないか」

ドラマは結局最後まで見終わっていなかった。先週は観きれなかったらまた借りればいいなどと考えたのに、今はそれが悔しい気がした。続きをひとりで観たいとも思わない。

テレビの横にあるチューリップは、まだ頑張って咲いていた。それを見てはときどきニヤつき、そしてまた「なんだよ」と文句を垂れる。

先週の日曜のことをまた思い出す。昼は外へ飯を食べに行き、また帰ってきて続きを少しだけ観て、羽鳥は夕方の早い時間に帰っていった。

「遠慮の仕方も可笑《おか》しいっつの」

どうせなら夕飯も一緒に食おうと、こっちが引き留めているのに、「いや、迷惑だから」と譲らず、例の眉間に皺を寄せた表情で「長らくの滞在を失礼しました」などと口上を述べたのだ。

「面白過ぎるだろ」

羽鳥との先週のやり取りを思い出し、声を出して笑ったあとに、はたと心配になった。

「……まさか、あいつ、また変な場所に行っててんじゃないだろうな」

行かないと約束した。約束は守る男だろうとは思う。だが、「ハッテン場には行かないが、他は行かないとは言っていない」なんてことを、平気で言いそうなのが羽鳥というやつだった。

俄《にわか》に落ち着かなくなる。携帯を取り出し、まずはメールをしてみた。用件は何でもよかった。今日が駄目なら明日はどうだとでも書けばいい。

メールぐらいはいつでも見られるだろうと思うのに、返事がこないと不安を煽る。携帯を確認できない場所にいるのか。或いは返信ができない状況にあるのか。

今度は電話をしてみたが、羽鳥は出なかった。

「まさかな……。いや、まずい」

あいつならやりかねないと思うと、もうそれ以外考えられなくなった。とにかく連絡をくれと、何度も送った。

待ちに待った着信が鳴ったのは、午後になってからだった。飛びつくようにして電話に出る。

『どうした？』

聞こえてくる声は相変わらず温度が低く、度重なる着信とメールに不審げだ。

「おまえ、今何処だ？」

『病院だけど』

短い答えが返ってきてしばし言葉を失った。英介が危惧したような場所でなかったことに安心したが、羽鳥の答えた場所も予想外だったからだ。

「具合でも悪くなったのか？」

『いや』

「じゃあなんで病院？」

ここまで聞いて、思い出した。羽鳥と再会したのも病院だったことを。

「……おまえ、どっか悪いの？」

心臓が嫌な音を立てて鳴り始める。

もしかしたら、羽鳥は何か重大な病気に罹《かか》っているのではないか。あのとき「見舞いか」と聞いた英介に、曖昧《あいまい》に答えただけで羽鳥は具体的な説明をしなかったではないか。

「あ……俺、どうしよう……」

だから……二ヶ月限定などという、期間を設けた提案をしたのだろうか。

鳩尾《みぞおち》の辺りが締め上げられたようになり、息が苦しくなる。込み上げてくる不安に吐きそうだ。

『俺じゃなくて、父だけど』

英介の耳に、羽鳥の冷静な声が入ってきた。

「……親父さん？」

『そうだ。軽い脳梗塞《のうこうそく》で倒れて、今入院している。宇田川《うだがわ》とは付き添いのときに会っただろう。あの病院だ。携帯には気が付かなかった。病院に入るときに電源を切って、そのままにしていた。鳴ることも滅多にないから』

羽鳥の説明を聞きながら、気が抜けると共にふつふつと笑いが込み上げてきた。

『……どうした？』

「いや、……俺、一瞬おまえがさ、なんか病気なのかって思って、滅茶苦茶焦った」

自分のあまりの焦りっぷりに、最後のほうは笑い声になってしまい、しばらくは話せなくなった。

「悪い。親父さんが入院してるっていうのに、笑っちゃって」

『別に構わない。命に別状はないし、症状も軽く済んでいるから』

今日は担当の医師から退院の目処《めど》などの話があると言われ、どうしても顔を出さなくてはならなかったらしい。

『いつもは日曜に行ってるんだ。父には別に毎週来ることはないと言われているんだが。でも先週も行かなかったし、な』

小さな言い訳の声が聞こえた。

先週英介の部屋に泊まることになったとき、明日は用事があるのかと聞いた英介に、羽鳥は「ない」と答えた。父親の見舞いと英介の部屋に泊まることとを天秤《てんびん》に掛けて、羽鳥は泊まることのほうを選んだのだ。

『それで、メールの件なんだが』

それを聞いて、明日はどうだという内容でメールをしたことを思い出した。

「そうそう。今日駄目なら、明日はどうかなって思ったんだ。おまえ、明日も見舞いに行くの？」

『……そうだな。そのつもりだけど』

電話越しに、どうしようかと一瞬迷ったのが分かり、思わず口元が緩んでしまう英介だった。

「明日もこれくらいの時間なら、見舞いのあとでどっか遊びに行かないか。病院まで行くよ。車あるから」

『……』

電話の向こうが沈黙した。

「夕方からどっか行って、ドライブして、飯食ってもいいいんじゃね？」

『しかし……』

「見舞い終わってから用事あんの？」

『ない』

「じゃあ決まりだ。何時に迎えに行けばいい？」

羽鳥の逡巡に頓着《とんちゃく》なく、明日の約束を取り付けた。

電話を切り、ふう、と息を吐く。

「まったく。人騒がせな……つか、俺が勝手に騒いだんだけど」

自分の慌てように笑ってしまう。とにかく羽鳥の身に何事もなくてよかったと思うだけだ。

さてと、と立ち上がる。羽鳥の父親のいる病院から、どんなコースで羽鳥を遊びに連れていこうか。

楽しい一日を過ごせたらいい。できれば明るい場所で、正面から羽鳥の笑う顔が見られたらいいと思った。


羽鳥がやってくる姿を見つけ、エンジンを掛ける。助手席のドアが開き、羽鳥が入ってきた。

「わざわざ迎えに来てもらって悪かった」

「いや」

軽く返事をして、駐車場から車を出した。

「車を持っているんだな」

「ああ。仕事でも使うし、便利だから。今住んでいるところ、駐車場もあって。安いんだ」

学生の頃から遠出して遊ぶことの多かった英介にとって、車は必需品だった。

「羽鳥は運転しないのか？」

「免許は持っている。けど車はない。東京に住んでいれば移動は電車で済むから不便も感じない。仕事で使うこともないし、出掛けることもないから」

学生時代に取った車の免許は、ほとんど使うことのないままペーパードライバー状態のようだ。

「それで、これから何処《どこ》に行くんだ？」

「んー、動物園」

ハンドルを握っている英介の横顔を、羽鳥がじっと見つめてくる。

「動物園……？」

確認するように聞いてくるのが面白い。

「意外か？」

「そうだな」

「だろうな」

昨夜いろいろ考えた。車の中では会話ができるが、それだと羽鳥の表情が見られない。テニスで打ち合いもいいが、今度は会話ができない。会話を楽しみ、なおかつ羽鳥のいろいろな表情を引き出すには、テーマパークがいいのではないかと思ったのだ。

「まだ早い時間だし、充分回れるよ。動物園行って、それから飯を食おう。なんかデートっぽくていいだろ？」

チラリと羽鳥の表情を覗くと、眉間に皺を寄せ、真っ直ぐに前を向いている横顔が見えた。

少しだけ動いた唇が「デ……ト、って……」と小さく呟《つぶや》くのが聞こえた。

「羽鳥は動物好き？」

「嫌いではない」

「なんか飼ってた?」

「昔、犬を飼っていた。俺がだいぶ小さい頃。よく覚えていないが、雑種の白い犬がいた。それが死んでからは飼っていない」

「そうか。俺んとこは何も飼ってなかった。母親がアレルギーでさ」

「そうなのか。宇田川は飼いたかったのか?」

「うん。犬飼いたかったな。猫も好き。友だちの家に遊びに行って、よく触らせてもらった。でも、家に帰ると母親がくしゃみ連発してさ、あんた犬触ってきたでしょって当てられた。何で分かるのか不思議で、超能力者みたいだと思ったね」

英介の声に、羽鳥が息を吐いた。笑ったらしい。車を降りてから話せばよかった。

「姉が捨て猫を拾ってきたんだが、父に叱られて、大泣きしていたな、そういえば」

思い出したように羽鳥が言った。元の場所に戻してこいと言われ、泣きながら抵抗し、それでも受け入れてもらえず、羽鳥の姉は自力で飼ってくれる人を探したのだという。

「知り合いの家を全部回ったらしい。結局何処かの家にもらわれていって、しょっちゅうそこに行っていたな」

「姉さんいるんだ」

「ああ、ひとりいる。今は千葉で美容院をやっている」

「そうなのか」

「母も一緒に住んでいる。離婚したんだ、うち」

「……そうなのか」

「成人してからの話だから、どうということもない。その前から予兆はあったし」

「じゃあ親父さんが入院して、おまえが面倒を見てるのか。大変だな」

「そうでもない。軽く済んだし。……字がな、下手《へた》になったんだって。書類か手紙か、何か書いていて、自分でおかしいぞって思ったらしい。それで病院に行った」

「へえ。でもそれで軽く済んだんならよかったな」

「うん。『脳梗塞だった』ってあとから聞いて、でも大したことないから、投薬と通院で済ませるっていうのを、説得したんだ。なにしろひとり暮らしだから」

「それはそうだよなあ」

今は検査入院という形で病院にいるのだそうだ。調べてみれば血圧も高く、他にも要注意な項目が出てきて、この際徹底的に診てもらうことになったらしい。

「何も言わずに、ひとりで全部済ませようとする人だから」

「親子だな。おまえに似ている、そういうとこ」

英介の声に、今度は「はは」と、声を出して笑うのを聞いた。この調子なら、動物園に着いたらすぐに羽鳥の笑顔を見られそうだと思った。

目的地に着き、車を降りた。日曜の動物園は、午後の遅い時間にも関わらず人が多かった。親子連れやカップル、友だち同士で歩いている集団もいる。英介と羽鳥もその中に交じり、順路に沿ってゆっくりと回っていった。

「特に見たいものってある？」

日はまだ高いが、入った時間が遅かったし、忙しく全部を見て回ることもないだろう。

「そうだな。鳥が見たい」

「鳥？　好きなの？」

「割と好き。フクロウとか、猛禽類《もうきんるい》が好きだ」

「へえ。意外だな」

「だって可愛《かわい》いだろう？」

眉根を寄せて、英介はそうじゃないのかと問うような顔をして見上げてこられ、ドキリとした。

「可愛い……のか？」

「可愛い。宇田川は可愛いとは思わないか？」

「可愛い……かも。うん、可愛い」

「適当だな」

前を向かれてしまい、表情が見えなくなってしまった。

「じゃあまずは猛禽類を見に行くか」

羽鳥の希望に従い、フクロウや鷹などがいるエリアを目指した。羽鳥が言うところの可愛い猛禽類を二人で見て回る。鋭い鉤爪で木に止まり、吃驚《びっくり》したような眼をしてこちらを見つめてくる鳥を見て、そうか、羽鳥にとってはこれが可愛いのかと、胸に刻む。

「小学生の頃、家族で動物園に行った。そのときに、求愛されたんだ」

「えっ？」

「鳥に」

「鳥、に？」

「そう。小雨が降っていて、俺は傘をさしていた。色の派手な大きな鳥だった。こうやって、傘を持って鳥を見ていたら、急に膨らんで、変な動きをしたんだ。俺が動くと追い掛けてきて、また膨らむ。父が求愛行動だと教えてくれた。たぶん俺の持っている傘に反応したんだろうって」

傘を持って檻《おり》の前に佇む羽鳥と、懸命に求愛ダンスを踊っている鳥を想像して笑ってしまった。

鳥のエリアを見て回り、そこから近くの動物エリアを巡った。相変わらず表情の変化は乏しく、話すのは英介がほとんどだったが、全然気にならなかった。英介の声に耳を傾けている横顔はほんのりと柔らかいし、ポツポツと返してくる言葉も自然で、楽しそうに見える。

ときどき唐突に話し出すのは、英介が隣にいることを当然と思い、話さなければという気負いもないという表れで、それが却って嬉しかった。

鳥のエリアからサバンナに生息する動物たちのエリアを抜け、小動物と触れ合えるコーナーにやってきた。人気の場所らしく、親子連れも多い。

餌を食べているうさぎを抱き上げ、膝に乗せた。隣で見ている羽鳥にも「ほら」と乗せてやる。柔らかいうさぎを落ちないように恐る恐る膝に乗せ、そっと撫でている横顔が嬉しそうだった。

何処という目的もないまま、そこにいる動物たちのエリアを歩いて回る。途中、ガラスでできた大きな温室の前まで来た。『爬虫類《はちゅう》館』と書いてある。

「こういうのは平気?」

「見る分には平気だ」

ゆっくりと館内を進み、爬虫類たちを見ていった。見る分には平気といった羽鳥だが、少し腰が引けている様子だった。

「やっぱり苦手だった?」

英介が聞くと、羽鳥が「そんなことはない」と気丈に答えてくるのが笑える。

「あっちのほう、カメレオンだって」

行ってみようと、さり気なく手を取ってみた。軽く引っ張ると、抵抗なくついてきたから、そのまま歩いていった。今どんな顔をしているんだろうと思ったが、確かめたりしたら、すぐに手を離されそうだ。英介も前を向いたまま、ズンズンと進んでいく。

柔らかい掌《てのひら》は温かかった。少し湿っているのは羽鳥というよりも自分のせいだ。柄になく緊張しているのが可笑しく、振り払われなかったことが馬鹿みたいに嬉しい。小学生かよ、と自分に突っ込みながら、顔がニヤけてしまうのが止められなかった。

木に止まったカメレオンが、四方八方に眼を動かしながら、じっとしているのを二人して眺めた。

「あの葉っぱみたいな手が、可愛いくね？」

「えー……」

「指に乗っけてみたい」

英介の声に羽鳥が眼を凝らすようにして、カメレオンの足を観察している。

「可愛いと思えなくもない」

「だろ？」

手を繋いだまま、そんな会話を交わした。

「何か深い考えをお持ちのようだ」

深遠な顔つきをしているカメレオンにそんなことを言って話し掛けているのが面白い。

「あー、腹減った、虫食べたい、たらふく食いてえ、とか」

英介の声に「ははは」と、はっきり声を出して笑っている。くそ、カメレオンが邪魔で見えなかったと、唇を尖らせた。

ゆっくりと端から端まで見て回り、出口が近づいてきたところで、羽鳥の手がすっと離れた。二人とも黙ったまま、温室をあとにした。

あちこちを回り、動物園の出口付近にやってきた。ぬいぐるみや動物の絵が描かれたクッキーなどが売られている売店の中へと入ってみる。

動物園の中にいる動物たちのぬいぐるみが、山になって置いてあった。子どもたちが手に取って、お気に入りを吟味している。ふくろうやカメレオンのぬいぐるみもあった。

羽鳥がそれのひとつを手に取り、考える仕草をしている。

「土産《みやげ》に買うの？」

今日の記念に、なんて思ったのならひとつプレゼントしようかなどと考えながら、英介も隣に並んで色とりどりのぬいぐるみを眺めた。

「いや。甥《おい》に、どうかなと思って」

「甥御さん？　あ、千葉の姉さんか。子どもいるんだ」

英介の声に「うん。そうなんだ」と答え、カメレオンのぬいぐるみを見つめている。甥のために土産を選んでいる横顔は、いつか英介のためにマグカップを選んだときのように真剣だっ

た。

「でも、男の子だし、こういうのは嬉しくないか」

「いくつなんだ？」

「八歳。もうすぐ九歳になる」

「うーん、どうだろうなあ。好きな子は好きだろうけど」

「そうだよな」

さっき話し掛けていたのと同じカメレオンを持ったまま、羽鳥が考え込んだ。

「何が好きかなんて分からないから」

「でもあげたいんなら買ってったら？　可愛いし。喜ぶかもよ」

「そうかな」

英介の声にそう言って、真剣にカメレオンを睨んでいる。

「でも、頻繁に会ってるわけでもないし。今日はいいか」

迷った末に、結局羽鳥はそれをプレゼントにはしなかった。ほんの少し名残惜《なごり》しげな仕草をして、羽鳥はぬいぐるみの山の中に、カメレオンを返した。

「またいつか、欲しい物が分かったら、そのときに選ぼう」

戻されたぬいぐるみに話し掛けるように羽鳥が言って、カメレオンの小さな頭を撫でた。

日が暮れるまで動物園を見て回り、それからまた車に乗ってドライブした。湾岸線を走り、海の近くのレストランで夜景を楽しみながら夕食をとった。まるっきりのデートコースである。

「楽しんでるか？」

英介の問いに羽鳥は「ああ」と頷き、ナイフで切った肉を口に運んでいた。

「それならよかった」

「いわゆるデートスポットだな。流石《さすが》に宇田川はよく知っている」

嫌みに聞こえないところが羽鳥らしい。感心したようにそう言われ、「そんなでもないよ」と答えた。

「昨日ネットでどこに行こうかっていろいろ調べたんだ」

「そうか。参考になる」

「何の？」

「今後の。……というか、俺がデートするなんてことは、まずないだろうが」

「そんなことはないと思うけど」

「けど？」

語尾の揚げ足を取られて「あ、いや」と曖昧に濁した。参考にしてもらいたくて今日のコースを選んだわけではない。

「参考にするのもいいけど、俺は今羽鳥に楽しんでもらいたい」

「そうか。楽しんでいる」

「俺はデートのつもりだったりするから」

羽鳥がこちらを向き、例の眉間に皺を寄せた怪訝《けげん》な表情をするのに、冗談めかして「そうだよ。だってデートだろ?」と言ってみせた。

眉間の皺を深め、羽鳥が忙しく肉を細切れにするのを黙って眺めていると、一瞬眼を上げてこちらを窺い、また下を向いてしまった。

「楽しんでくれたならそれでいいんだ。俺も今日一日凄く楽しかった」

下を向いたまま、ポクポクと頬《ほお》を動かしている羽鳥にそう言ったら、だいぶ時間が経ってから「……俺も」という声がした。

ゆっくりと食事を堪能し、レストランを出た。来た道とはまた別のルートを辿り、夜のドライブを楽しんだ。

「今日は、いろいろと連れていってもらい、どうもありがとう」

病院に迎えに行き、動物園を見て回り、食事をし、今はドライブを楽しんでいる。助手席で流れる夜景を眺めていた羽鳥が、本日の締めというように、挨拶をしてくるのが可笑しかった。

「様々な体験をさせてもらった。楽しかった」

「閉会式みたいなこと言うなよ」

時間は九時を回ったところだ。英介に言わせればまだ宵の口だ。夜は長い。

「じゃあ、適当なところで降ろしてくれ」

「何言ってんの？　送っていくよ。当たり前だろう」

吃驚して素《す》っ頓狂《とんきょう》な声が出た。

「いや。俺を送ってから家に帰ったんじゃ、もっと遅くなる」

「大丈夫だよ。そんなに遠くないし」

「本当に。明日は仕事だし、俺のほうは大丈夫だから」

頑《かたく》なな羽鳥の態度に、苦笑が漏れた。

「そんなこと言うなよ。デートって言っただろ？」

「いや、それは……」

「俺はデートのつもりだったの。つうか、仕上げがあるだろ？　デートなら」

英介の声に、羽鳥がこちらを向いたのが分かった。

「体験ついでにああいうの、行ってみないか？」

「ああいう、の？」

走る道の先に、ネオンに照らされた建物が見えてきた。灯りの消えたビルとは反対に、夜を迎えるための準備を終えたそこは、煌《きら》びやかなライトに照らされて、浮き上がるように目立っていた。

外で食事を数回し、先週は英介の部屋に泊まった。動物園では手を繋ぎ、ドライブをしながらの雰囲気も申し分ない。流れは完璧で、羽鳥だってこれなら文句はないはずだ。

「……降りる」

「え？」

「降ろしてくれ。帰る」

帰ると言われても、走っている道路の真ん中だ。

「車を寄せてくれ。すぐに！」

「ちょ、待て」

初めて聞く羽鳥の激しい声と、今にもドアを開けて飛び出していきそうな勢いに、慌てて速度を落とし、ウインカーを出す。

道の脇に車を寄せると、すぐさまロックを外し、ドアを開けようとするのを引き留めた。

「待て。悪かった。嫌なら別にいい。無理強いなし。な！」

ドアの取っ手を摑んだまま、こちらに向けた背中が固まっている。

「馬鹿にしないでほしい」

向こうを向いたままの声は、怒りのために震え、今まで聞いたどれよりも低く、強かった。

「あ、いや、馬鹿になんかしていない」

「馬鹿にしているだろう！」

振り返った羽鳥が叫んだ。眼を吊り上げ、唇はわなわなと震えている。

「悪かった。ごめん。ほら、ハッテン場行くくらいなら、そのほうがいいんじゃないかと思ってさ……」

取り繕う言い訳が、完全に墓穴だったことに気が付き、しまったと思ったが遅かった。

こちらを向いた羽鳥は、今までに見たこともないような険しい顔をして英介を睨んでいた。

「俺が恋愛をしたことがないから、同情か？　可哀想《かわいそう》だから相手をしてやろうって？　あの場所で」

「違うよ、羽鳥。聞いてくれ」

「君とあんなところへ行くよりは、ハッテン場に行ったほうがよっぽどましだ。俺はそこまで君に頼んでない！」

燃えるような眼をして「誰が君なんかと」と吐き捨てるように言われ、流石にムッとした。

「……悪かったな」

「降りる」

「まあ待て。シートベルト締めろ。出すぞ」

羽鳥の行動を待たずにエンジンを再び掛けた。

「近くの駅まで送るから。それでいいな。ここじゃタクシーも拾えねえから」

お互いに無言のまま走った。羽鳥は真っ直ぐに前を向いたまま微動だにせず、英介も黙ってハンドルを握った。

さっきまであんなに楽しかったのに台無しだ。台無しにしたのは自分だと分かっているが、断るにしても言い方があるだろうと思う。だいたい最初に突拍子もない要望を突きつけてきたのは羽鳥のほうだ。付き合ってくれ、順番を守れ。その通りにしたつもりだ。

道が狭まってきて、周りが賑やかになってきた。細い道に入り、駅が近づいてきた頃には、怒りが萎えていた。軽率に誘ってしまったことを、後悔し始めていた。

「羽鳥、悪かった」

駅の目前までやってきたところで、謝罪の言葉をやっと口にする。

隣からは何の物音もしてこなかった。

「ごめんって。本当。反省してます、なあ」

「……君を見損なった。こんな不誠実なやつだと思っていなかった。もう、週末の約束も反故《ほご》にしていい」

「いや、それは。つうか、そこまでのことか?」

悪いとは思うが、そこまで怒ることではないだろうと言う英介に、羽鳥の表情は変わらない。

「今日で六週目だったな。少し早いが、今日で終了ということで」

「なあ羽鳥、落ち着こうよ。ごめんって謝ってるだろ」

相変わらず硬い声で、こちらの言うことをまるで聞いてくれない。

「もういいんだ。やはり俺には無理だった。よく分かった。煩《わずら》わしいのはもうごめんだ」

「煩わしいって、俺のことか?」

「そうだ」

間髪入れずの即答に、言葉を失った。

「もういい。人と一緒にいるのは煩わしい。ひとりがいい。もうたくさんだ」

車が止まる。ドアが開き、閉まった。

後ろ姿を確認することなく、車を発進させた。


仕事を終え、弁当をぶら下げて部屋に帰ってきた。木曜の夜。あと一日働けば休みになる。

羽鳥からは何の音沙汰《おとさた》もなく、あれから二週間が過ぎていた。英介からも連絡はもちろんしていない。意地の張り合いのようになっているが、もしかしたらそう思っているのは英介だけなのかもしれない。

羽鳥に回してもらった大規模修繕のプレゼンの準備は着々と進み、忙しい毎日を過ごしている。羽鳥もきっと何事もなく職場に通い、淡々と仕事をこなしていることだろう。休日も変わらず、入院しているという父親の見舞いに行き、あとはひとりであの部屋で過ごしているのか。

次の休みはどうするかなあと考える。DVDは返してしまったし、録り溜めしておいたドラマを観る気にもならない。

弁当を食べながら、何となくテレビを観ている。テレビの横に置いてあった花は枯れてしまい、今は何も置かれていない。だからといって新しく買う気にもならなかった。

そういえば会社のパソコンで、何かのついでに花言葉を調べてみたことを思い出した。黄色のチューリップの花言葉は『叶わぬ恋』だった。

羽鳥がそんなことを知っているとも思えず、ただ眼に入ったから購入したのだろうが、その突飛な行動があいつらしいなとも思え、弁当を食べながら笑ってしまった。笑ったあとに、また羽鳥のことを考えていたことに気付き、今度は苦笑いが漏れた。

ずっとあの男のことばかりを考えている。それが不思議で腹立たしく、何処か寂しい。

「あー、もう。情けねえなあ」

最後のデート。途中まであんなに楽しかったのに。羽鳥の笑った顔を正面から見ることができなかった。あと少しだったのに。

「あいつの即答は堪《こた》えるんだよ」

もうたくさんだと、煩わしかったと言われて完全に傷付いた。売り言葉に買い言葉で言わせてしまったものだと分かっていても、やはり堪える。

頑固でプライドの高い羽鳥のことだ。向こうから連絡がくるのは難しいだろうと思う。だからといって、英介のほうからもしづらい。

六週間と言い置いて、羽鳥は車を降りていった。そうか、まだ再会してからそれしか経っていなかったのかと気が付き、羽鳥は数えていたんだなと思った。

期限付きという約束で始まった付き合いだったが、途中からそんな契約めいた感覚は薄らいでいた。六週目だとか次は七週目だとか、英介は考えたこともない。

二ヶ月が過ぎたら羽鳥は約束通り、付き合いを止めるつもりだったんだろうか。

「どうすっかなあ……」

どうやら自分は、疑似恋愛を本物の恋愛にしようとでも思っていたらしい。そして必死になって先を急いだ結果がこの有様だ。

デートの最後にホテルに誘って、相手に激昂され連絡が途絶える。

「これって完全に痴話喧嘩《ちわげんか》の末の振られパターンだよな。アホか俺は」

自分の独り言に突っ込みを入れ、いつものように笑い飛ばそうと思ったが、上手《うま》く笑えなかった。


風呂から上がり、もう寝てしまおうかと考えていたら、携帯に着信履歴が残っていることに気が付いた。風呂に入っているあいだに電話があったらしい。羽鳥からだった。

しばらく携帯を見つめ、テーブルに置いた。着信があったのが十一時前。今は十一時を少し過ぎていた。電話を掛けるには遅い時間だ。

もう一度鳴るかと思って十一時半まで待ち、我慢ができなくなり、こちらから電話をした。着信履歴があるのに折り返し連絡がないことが英介の意思表示だと思われるのも、嫌だと思ったのだ。

呼び出しコールがひとつ鳴り、すぐに声が聞こえた。携帯をずっと手に持っていたのかもしれないと思うと、思わず顔が綻《ほころ》んだ。

「着信に今気付いた。どうした？」

適当なことを言い、顔を緩めたまま、努めて何でもないような声を出した。

『ああ。遅くに悪かった』

「構わないよ。まだ寝てないし」

『うん』

そう言ったきり、羽鳥が黙り込む。こちらから話題を探し、水を向けることをしなかったのは、僅かに残った意地だった。

『どうしてるかと……思って』

何も言わないでいると、少しの間のあとに、羽鳥が言った。静かな声は相変わらずトーンが低く、抑揚がない。

「んー、別に、変わらないよ」

明るい声を出し、わざとあっけらかんと言ってみせる。しばらく沈黙が続いた。

『……このあいだのこと、酷い言い方をした』

ようやく羽鳥が小さくそう言って、英介も曖昧な声を出した。

「あー、……あれな。うん、まあ……」

『悪かった』

「あー、うん。……いや、こっちこそ」

『……仕事はどうだ?』

「ああ、頑張って進めてるよ。ちょうど工程案と見積もりの明細を作ったところだ」

『そうか。上手くいくといいな』

「そうだな」

『……今日は、少し暖かいな』

携帯を耳に当てたまま、別のほうの手でポリポリと頬を掻いた。どうでもいいようなことを話す羽鳥は珍しい。謝ってきて、週末の約束を復活させたいと言ってくるなら考えてやろうか、などと考えていたが、羽鳥はなかなか言い出さず、口調にもそんな雰囲気が感じられない。

『明日も晴れそうだ』

「そうだな。そろそろ夏物出さないと」

『俺も。このまま夏が来るのかな。でもまだ、寒い日もくるだろうし』

ポツポツと、とりとめもない会話が続く。電話を切りたくないのか、沈黙ができると話題を探すように当たり障りのない話を振ってくる。

『もう、こんな時間だな』

やがて、その話題も底をついたのか、羽鳥が静かに言った。

『折り返し電話をくれて、ありがとう』

「あ、いや。俺もどうしたかなって気になってたし」

素直に礼を言われ、何故かこちらがしどろもどろになる。

『うん。俺も気になってたから。本当に悪かった』

「いいよ。もう。お互いに悪かったってことで」

『そうか。うん。……宇田川？』

「なんだ？」

『……いや、何でもない。話ができて、よかった』

ここまできて、英介はようやく羽鳥の異変に気が付いた。先日の気まずい別れが気掛かりだったことは確かだが、羽鳥はそれを言い訳に英介に電話をしている。要は誰かの声が聞きたかったのではないか。

「どうした？　何かあったのか？」

元々親しい友人のいない羽鳥だ。誰かの声を聞いて気を紛らわせようと考えたとき、自惚《うぬぼ》れではなく、その相手は英介しかいない。

「羽鳥？」

電話の向こうが沈黙している。呼び掛けに逡巡しているように思えた。

「言ってみろ。何があったんだ？　親父さんの具合が悪くなったのか？」

『父は大丈夫だ』

いつものように、英介の問いかけに反射的に答える。ほんの小さく、電話口で溜息が聞こえた。

『……甥が、事故に遭ったって。さっき、連絡がきて』

声が僅かに震えていた。動物園で言っていた、羽鳥の姉の子どものことだろう。

『姉と外に夕食を食べに出ていて、車に撥ねられたらしい』

事故は夜の九時頃に起こり、救急車で搬送された病院は小児専門ではなく、今は一時的な救命処置を受けていて、手術のために別の病院を探しているのだそうだ。

『母が駆けつけて、それから俺に連絡を寄越した。もうこんな時間だし、搬送先が決まったらまた連絡するから、明日の朝に来てくれって。俺が今慌てて行ってもどうにもならないし。朝を待つしかない。……ごめん。なんだか落ち着かなくて、誰かと話したかったんだ』

「いいよ。構わない。それで、大丈夫なのか？」

『分からない。引っ掛けられて、数メートル引きずられたらしい。まだ子どもだし。姉は話ができる状態じゃないって。母も動揺していて』

パニック状態になりながら、羽鳥の母親も縋《すが》るものが欲しくて、息子に電話をしてきたのだろう。今の羽鳥のように。

『とにかく、ごめん。話したら少し落ち着いた。朝まで待って、病院に行ってみる』

じゃあ、と電話を切ろうとするのを「ちょっと待て」と制し、立ち上がった。

「車出すよ。三十分でそっちに行くから。用意して待ってろ」

携帯を持ったまま寝室に行き、急いで着替える。え、という戸惑いの声に耳を貸さずに、用意をしながら用件を伝えた。

「病院に連れてってやる。近くまで行ってれば、別の病院に移ってもすぐに対応できるだろ。だから待ってろ」


羽鳥の部屋には二十分で着いた。マンションの近くに車を止め、そこから電話を掛けると、羽鳥はすぐに出てきた。何も言わずに助手席のロックを外し、エンジンを掛ける。

「すまない。こんな夜中に」

「いいよ。緊急事態だ。連絡はきたか?」

英介を待つあいだに連絡があったらしく、病院の名前を聞き、カーナビに登録した。羽鳥がシートベルトを着用したのを確認し、車を出した。カーナビが提示してきた所用時間は一時間三十分。平日の夜だし、渋滞もない。

「二時前には着くから。少し寝るか？」

「いや。たぶん寝られない。正直、助かった。ありがとう。レンタカーを借りることも考えたんだが、運転に自信がない」

動揺と、朝まで待たなくていいという安堵《あんど》もあるのだろう。羽鳥は素直に不安を口にした。

「うん。気持ちも焦ってるしな。無理はしないほうがいい」

電話をしてきたときに、こうなることをあてにしたわけでは決してないと思う。ただ誰かの声を聞き、不安を口にすることで、少しでも気持ちを静めたかったのだろう。そうやって無意識に助けを求めてきた羽鳥に、してやれることがあるのが、嬉しかった。

「営業でよく車を使うし、現場にも行くから、初めての道を走るのも慣れてる。大丈夫だ」

羽鳥自身も状況がよく分かっていない状態で、むやみに心配したり、また安易な慰めの言葉も口にできなかった。今はただ、羽鳥を無事に病院に送り届けてやることだけを考えればいい。

「酒飲んでなくてよかったよ。昨日ちょっと飲み過ぎたからな。今日は控えていたんだ」

「そうなのか」

「うん。車も先週洗車して、ガソリンも入れたばかりだから。スタンドに寄る手間もない」

運転をしながら、どうでもいい話を続け、気を紛らわす。小さなラッキーが重なったことをさり気なく強調し、だから甥御さんもきっと大丈夫だからなと、言葉にせずに励ました。

カーナビの指示に従いながら都内を抜け、やがて大きな国道に出た。周りを走る車は大型のトラックばかりで、その数も少ない。外灯が並ぶ広い道路を走り続ける。

「……姉とは七歳離れていて、俺が中学に入る年に姉は高校を卒業して、家を出たんだ」

ひた走る車の中で、前を向いたままの羽鳥が話し始めた。

「父は……寡黙《かもく》な人で、あまり家庭のことに口を出すことはなくて。仕事をしてお金を入れて、その他のことは母に任せきりだった。だけど姉の進路の話が出たときに喧嘩になったんだ」

大学に進学しろという父の意見に、姉は美容師になりたいのだと言い張った。

「父とは逆に、姉は気が強くて、元から弁の立つ人で。父の言うように、俺も姉は進学して、将来は弁護士か検察官になったらいいのにと思った」

今まで一切無関心でいたくせに、急に口を出してきてこうしなさいと命令するのはおかしいと姉は反抗し、父も珍しく声を荒げたのだという。

「間違いは間違いだと指摘してやるのが親の義務だって言って、何処が間違いなのだと反論されてた。元々あまり仲が良くなかったんだけど、ほとんど接点がなかったからぶつかることもなかったんだ。母ともずっと……冷戦状態みたいだったし」

家庭よりも仕事第一な夫を、母親は諦めているようだった。きちんと仕事をし、特にトラブルも持ち込まないのだからそれで構わないだろうという父の態度に、誰も文句を言わなかった。

「実際それでいいじゃないかと俺も思っていたしね。姉がそれを不満に思うことのほうが不思議だった。俺の気質は、たぶん父譲りだ。母にも姉にもそう言われた。俺もそう思う。諍《いさか》いなんかするより静かに過ごしたかった。父もそうだったんだろうと思う」

だが、姉の将来の話に父は初めて反対し、姉は今さらと、父の言うことを聞かなかった。勝手に専門学校に行くことを決め、学校の寮に入るからと言って、家も出てしまった。

「就職した先で旦那さんと出逢って結婚したらしい。それから夫婦で店を始めて、甥の篤志《あつし》が生まれた」

葉書一枚で済まされた報告に、羽鳥の父は「勝手にしろ」と、それ以上は何も言わなかった。

「だけど、篤志が一歳になったばかりのときに、……旦那さんが事故で亡くなったんだ」

轢き逃げだった。脳を損傷し、数ヶ月間植物状態が続いたのち、亡くなったのだそうだ。久し振りの対面を果たしたのは、姉の夫の葬儀の場だった。羽鳥が高校二年のときだという。

「流石に全員で飛んでいった。小さい篤志を抱いて泣いている姉を見て、可哀想だと思ったよ。父もそうだったと思う。けど、そのときに父は……、『親の言うことを聞かずに勝手をしたからだ』って、そう言ったんだ」

大切な伴侶《はんりょ》を亡くし、悲しみに打ちひしがれている者に投げつけられた言葉は、取り返しがつかないほどの打撃を与えた。それを聞いた姉は絶叫し、父親を葬儀の場から追い出したのだという。

「元々気性の激しい人だったけど、人が……あんなふうになるのを初めて見た。母もあれは酷いって、完全に姉の味方に付いて。姉のところにしょっちゅう行くようになった。篤志もまだ小さかったし」

そして、羽鳥が二十歳になったときに、夫婦は離婚した。

「そのときも父は『勝手にしろ』って言っていたよ」

元々冷え切っていた夫婦だった。それが姉の夫の死をきっかけに完全に壊れ、家族は崩壊した。

「随分長いあいだ、形だけの家族だったからね。それも仕方がないと思った。いずれ母も出ていくだろうなと、父も俺もそう思っていたから。……その辺が似ているんだな」

助手席にある横顔が仄《ほの》かに笑みを浮かべている。

「葬儀のときに、泣いている姉を見て……実は俺も父と同じことを思ったんだよ。姉はずっと反抗的だったから。父の言うことを聞いていれば、こうならなかったかもしれないのに、……って。酷いだろ?」

「……いや」

「酷いよ。俺はそれを言わなかっただけで、罪は同じだ。『どうしてそんな酷いことが今言えるの?』って、逆上して泣き叫んでいる姉を見ながら、ああ、俺って本当に冷たい人間なんだなって思った。姉は『お父さんは鬼だ』って言っていたよ。同じことを思った俺も鬼だ」

走り続ける車の中で、羽鳥は前を向いたまま語り続け、英介も黙ってそれを聞いていた。

「父の病気のこと、一応姉にも連絡をしたんだ。それで姉の気持ちが変わるとも思っていなかったし、実際変わらなかったけどね。『あ、そう』って。そんなもんだと思っていた」

それでも羽鳥が連絡をしたことにより、姉弟に繋がりができた。母親も加わり、互いの家を行き来するようになった。英介の部屋を訪れたときに持参した和菓子は、実は甥の篤志のお気に入りなのだという。

「篤志は俺に似ているんだ。自分の世界を持っていて、けっこう頑固なんだって。それがときどき憎らしいって姉に言われた」

「へえ。見てみたいな。羽鳥の小っちゃい版」

淡々とした口調の中にも、甥に対する愛情が仄見えた。自分に似ていると言われたその子のことが可愛くて仕方がないのだろう。

「だけど、俺と篤志とは決定的に違う」

僅かに口元を綻ばせ、羽鳥が前を向いたままそう言った。

「凄く……可愛いんだよ。ときどき生意気で、でも無邪気で可愛い」

人懐《ひとなつ》こい甥っ子は、羽鳥の鉄壁の無表情をものともせずに「おじちゃん、おじちゃん」と慕ってくるのだという。子どもとの接し方など分からない羽鳥も、すっかり彼のペースに嵌ってしまうのだそうだ。

「へえ。おまえを懐柔《かいじゅう》するとは、相当な強者《つわもの》だな」

英介の言葉に羽鳥がふ、と息を吐いた。

「うん。似ているけど全然違う。俺は子どもの頃、あんなふうじゃなかった。顔も性質も似ているって言われるのに、全然違う。篤志は愛され体質で、俺はそうじゃない。学校の通信簿に『人に好かれる努力をしましょう』なんて、絶対に書かれない子なんだ」

些細《ささい》な違和感だったと羽鳥は言う。会ううちに、打ち解けていくうちに、それがどんどん大きくなっていく。似ていると言われる度、自分でも類似点を見つける度、では何が根本的に違うのだろうかと、不思議に思ったと。

「育った環境なのかなと、初めは思った。姉は家にいた頃よりも穏やかになって、本当に篤志のことを愛して、可愛がっているんだ。篤志はそれを受けて安心して甘えていた。俺もこういう環境で育っていたら、違っていたんだろうかって、考えた。……でも、だからというわけじゃないだろうな」

そう言って、羽鳥は小さく笑った。

「自分の性格が悪い理由を探して、育った環境のせいにしている。親でも教師でも友人のせいでもない。要は生まれ持った性格なんだよ。篤志と俺は、やっぱり全然違う」

会う度に、今度は違うところを見つけていく。

そして、父親の病室に行くと、また思うのだ。息子以外、誰も見舞い客が来ない病室で、不機嫌そうにしている父を見て、やはり自分は父に一番似ているのだと。

「そうだな、どちらかというと、篤志は俺よりも宇田川に似ているのかもしれない」

「俺に？」

「そう、愛され体質なところが。だから……可愛いと思うのかな」

「そりゃ光栄だな」

「宇田川。この前は酷いことを言って、本当に悪かった」

「いいよ、もう。俺のほうこそ悪かった」

「……大学のときも、宇田川はいつも楽しそうにしていて、周りも楽しそうだった。俺はこんななのに、君はけっこうめげずに俺のところに来て話し掛けてきただろう？」

「そうだっけか」

「そうだったんだよ。脳天気にさ、『よう』って肩を叩いてきた。変なやつだなと思った」

「はは。ご挨拶だな」

「……親が完全に離婚したとき、俺が二十歳になるのを待って判が押されてね」

話が急に変わったが、英介は黙って羽鳥の話の先を促した。甥が心配で、黙っていられないのだろう。それに羽鳥の考えていることを、もっと知りたかった。

「まるで俺のために我慢して待っていたんだと言われているようで、堪らなく嫌だったんだ。別れたいなら早く別れたらいいのに、何も俺の誕生日なんか待つことないだろう？　そんなときにサークルの打ち上げに行った。君は相変わらず暢気《のんき》な顔をして『よう』って俺に手を上げた」

覚えてはいないが、たぶんそうしたんだろうなとは思う。サークルに顔を出し、知った顔を見れば誰にでもそうしていたからだ。

「『久し振り、元気してたか?』なんて挨拶されて、なんだろうこいつ、人の気も知らないでって、腹が立った」

隣で話す羽鳥の声は、腹が立ったと言いながらも、酷く楽しそうに聞こえた。

「何も知らないんだから仕方がないよな。能天気に俺の肩を叩いている君を見て、腹が立つと同時に、言いたくなったんだ」

「何を?」

「そのまま。『人の気も知らないで、気安く挨拶してくるな』って。……何となく、君なら、何があったんだって聞いてくれるような気がして」

「言えばよかったのに」

そうすればそのときに聞いてあげられたのにと、羽鳥の声を聞きながら思った。

聞いていれば、大変だったな、元気出せよと、言ってあげられたのに。次に会ったときも、あれからどうした? 元気になったか? と声を掛けてあげられたのに。そうすれば、二人の関係は今、変わっていたかもしれないのに。もっと早くに篤志くんのところに連れていってあげられたかもしれないのに。

「うん。言えばよかった。でも、言えなかった。話を聞いてほしいと思っても、どうやって近づいていいのかが分からなかったんだ。でも、それから少し、サークルに出るのが楽しみになった。君はやっぱり能天気に『よう』って俺に手を上げてくるから」

飲み会に参加すれば、英介の姿を探した。いつか何かのきっかけが生まれるかもしれないと。

「結局そういう機会は訪れなかった。君はたくさん友だちがいたし、いつも囲まれていたから。羨《うらや》ましいと思ったよ。やはり君は篤志と似ている。天然な愛され体質だ」

穏やかな声は低く、柔らかい。

「篤志……大丈夫かな。可哀想に」

「もうすぐ着くよ。あの先の角を曲がると、たぶん建物が見えてくる」

沈んだ声を出す羽鳥に、励ますようにもうすぐだと告げながら、アクセルを踏んだ。

「旦那さんを失って、篤志にまで何かあったら姉さんが可哀想だ。代わってあげられたらいいのに。姉さん、また泣いているんだろうな。本当……俺だったらよかった」

近づく病院の灯りを真っ直ぐに見つめ、羽鳥は祈るようにそう言った。

病院の玄関先に車を付け、羽鳥を見送った。

車から降りた羽鳥は、「本当にありがとう」と英介に礼を言い、建物の中へと消えていった。足早に去っていく背中を見送りながら、どうか無事でいてくれと、英介も祈った。

時計を見ると、一時を少し回ったところだった。このままトンボ返りをすれば、数時間眠ることができると考えたが、そうせずに、車を病院の駐車場に移動させた。

手術というのがどれくらいの時間掛かるか分からなかったが、取りあえず夜明けまでここにいて待ってみようと思った。部屋に帰ったところで気になって、たぶん寝付けないだろう。それなら車中で仮眠を取ったほうがましだ。

エンジンを切り、シートを倒し眼を瞑《つぶ》る。暗闇の中で、羽鳥が先ほど語っていたことを考えていた。

父親の病気を機に、一度はバラバラになった家族との新しい関わり合いの中で、自分を変えてみようというきっかけを見つけたのだろう。

車のまばらな駐車場で待機しているうちに、ウトウトとしていたらしい。携帯が震えて目を覚ました。時計を見ると、三時を指していた。

――甥の手術は無事に済みました。命に別状はありません。取りあえず報告まで――

簡潔に無事を知らせる文面を確かめ、そのまま電話を掛けてみる。相手はすぐに応答した。病院の廊下なのだろうか、囁くような声が聞こえた。

「無事に終わったのか」

『ああ。骨折が三ヶ所あった。だけど脊髄《せきずい》とかの重大な場所は免《まぬが》れていたらしい。折れた骨の一ヶ所が内臓を圧迫していて、その除去に時間が掛かったんだそうだ。けど内臓に傷は付いていないって。頭のほうはこれから詳しい検査がいるけど、たぶん大丈夫だろうって』

「よかったな」

『ああ』という声は、溜息に近かった。

『送ってくれて本当にありがとうな。今、家だろ？　起こして悪かった。早く知らせたほうがいいと思って』

「大丈夫だ。気になってたから。連絡もらえて俺もホッとした」

『そうか、ならよかった』

「いま、車ん中なんだけど」

え、という声が聞こえ、実はまだ病院の駐車場にいるのだと告げると、電話が切れた。

やがて羽鳥が走ってきた。全速力で走ったらしく、車から降りた英介の目の前に来ても、すぐには言葉が出せずに、はあはあと荒い息を吐いていた。

「そんなに慌てて走ってくることもないって」

未だに呼吸が整わず、英介の顔を見上げながら、何かを言おうとして言えずにいる羽鳥に、笑ってそう言った。

「いや、だって……、まさか、まだいたなんて、思ってなかったから」

「うん。帰ろうかと思ったんだけど、やっぱり気になっちゃってさ。どうせ寝られないんならって思って、ここで待機してたんだ。とにかくよかった」

ようやく息を整えた羽鳥が英介を見上げてくる。駐車場の、まばらな外灯に照らされた顔は仄白く、疲れが浮かんでいた。

「じゃあ、無事が確認できたから帰る。おまえも疲れただろうけど、頑張って姉さんとお母さんを支えてやれ。こっちに残るんだろ?」

「ああ。母が入院の準備をしに一旦帰るから、俺が残る。年だしな、休ませないと」

「そうだな。交替で面倒見るのか」

「取りあえずはな。姉も自分の店のことがあるし、俺も朝になったら会社に連絡する。たいして役に立たないけど、事務的な手続きぐらいはできるから。警察も来てるんだ」

交通事故で搬送されたのだ。今後はそちらの対応のほうも大変になるだろう。そういった手続きは、羽鳥がやったほうがいいだろうと英介も思った。

「頼りになる長男がいてよかったな」

英介の言葉に、こちらを見上げている羽鳥の口が、ゆっくりと横に引かれていった。薄明かりの中で、羽鳥が笑っている。はっきりと英介に向けて笑顔を見せたのは初めてで、それを眺めながら、英介も自然に笑顔を返していた。

「とにかく、いろいろとありがとう。宇田川がいてくれて、助かった」

笑顔を向けてくる羽鳥に、うん、と頷く。「じゃあ、気を付けてな」と言って去っていこうとする羽鳥を見つめたまま、その場を動かずにいた。

「宇田川？」

「本当、よかった。篤志くんが無事でいてくれて」

「うん」

「それに……おまえじゃなくてよかった」

笑顔を見せていた羽鳥の表情がまた変わり、不思議そうな顔をして、どういう意味だと眼で問うてきた。

「事故に遭ったのがおまえじゃなくてよかった」

羽鳥の眉根が僅かに寄る。微かな表情の変化は、こんなときに何を言っているのかと、英介を責めているのが分かった。

「ごめん。不謹慎なんだけどな。でも俺はそう思った。篤志くんが無事でよかった。けど、俺はおまえの無事のほうが大事だ」

羽鳥からの電話を受け、飛んでいったのは、羽鳥の力になりたかったからだ。部屋でひとり、事故に遭った甥の身を案じて朝を待つ羽鳥を、放っておけなかったからだ。不安を口にし、甥の無事を祈っている横で英介も一緒に祈ったのは、羽鳥が大切にしている者を不幸が襲ったら、羽鳥が嘆き悲しむと思ったからだ。悲しむ羽鳥を見たくない。

だけど万が一、そうなったときに、側にいてやりたいと思ったから、ここで待っていた。そうならなくて本当によかったと、心から思う。

「酷いよな。でも俺は、それが普通だと思う。俺は冷たい人間か？」

英介の問いに、羽鳥が「そんなことはない」と首を振った。

「親父さんもそうだったんじゃないかな。おまえの話を聞いてて、俺は親父さんが鬼だとは思わなかった。もちろんおまえのこともだ。確かに、言い方はきつかったと思う。姉さんが傷付いたってのも、分かる。可哀想だったな」

外灯に照らされた、羽鳥の顔が小さく曇った。自分は冷たい人間なのだと羽鳥は言う。だけど、それは違うと思うのだ。今目の前にいる男は、決して冷たい人間ではないことを、英介は知っている。

「大学んとき、俺に言いたかったって言っただろ？　言えばよかったのに、そしたら俺らはその時点で、友だちになれてたかもしれないのに。今日だってもっと早くにおまえは俺に連絡して、もっと早くに篤志くんのところに連れていけたのに、ってそう思った。親父さんもおまえも、そういう意味だったんじゃないか？」

英介を見上げる羽鳥の眼が、大きく見開かれていく。

「親父さんは歯痒《はがゆ》かったんだと思うよ。結婚の報告も、孫が生まれた報告もあとからされて。事故に遭ったときだって、何ヶ月もお姉さん、ひとりで耐えてたんだろ？　旦那さんが死んで初めて飛んでいって、泣いてるお姉さんを見たら、俺だってそう思う。なんでもっと早く言わなかったんだ、これじゃあ何にもしてやれないじゃないかって」

英介を見つめたまま、羽鳥の唇が戦慄《わなな》いた。

「親父さんは言い方を間違えただけだ。それで、おまえは上手く口に出せなかっただけだと思う。冷たい人間なんかじゃないよ、二人とも。慰めるのが下手くそだっただけだ」

英介を見つめる瞳が揺れ、羽鳥の表情がまた微かに変わる。「ありがとう」と、息だけの声がした。

「だから、ああいうことは言わないでくれ」

泣き笑いのような表情を浮かべたままの羽鳥が、今度は問うように英介を見つめてくる。

「俺だったらよかったなんて、言わないでくれ」

考えただけで心臓が痛くなる。英介の訴えに、羽鳥はこちらを見上げたままだ。

「おまえが死んだら俺が悲しい。凄く悲しい。代わってやりたいなんて、言うな」

羽鳥の笑顔が崩れていく。英介を見上げる瞳に、大きな涙が盛り上がり、羽鳥が俯《うつむ》いた。

「嘘じゃないぞ。泣く。わんわん泣く。今日みたいに飛んできて、おまえに取りすがって泣く。絶対そうなる」

ふっと息を吐いた羽鳥が、それから大きく息を吸った。次に吐く息は震え、繰り返されるそれが、やがてしゃくり上げる音に変わっていった。

俯いてしまった羽鳥の表情が見えなくなり、その代わりにパタパタと、雨のように落ちていく滴《しずく》が見えた。

「だから、あんな悲しいことを言うな」

羽鳥の肩が震え、しゃくりあげる音が大きくなった。

外灯に照らされて光る、柔らかそうな髪にそっと触れた。柔らかい髪に指を差し入れ引き寄せた。飛び込むようにして英介の胸に入ってきた羽鳥を抱き締める。両腕をダラリと下げたまま、英介の腕の中に取り込まれた羽鳥が鼻を啜《すす》っていた。涙はまだ治まらないらしく、胸の辺りがじんわりと温かくなっていく。

病院の駐車場で男二人、黙って抱き合っている。羽鳥は一言も発せず、ときどきすん、すん、と鼻を啜る音だけが聞こえた。

初めて笑顔を見せてくれたそのあとで、今度は英介の腕の中で泣いている。たぶん他の誰も、親すらも見たことがないだろう姿を自分の前に晒《さら》しているのだと思うと、不思議な優越感と一緒に、目の前の男に対する愛しさが込み上げてきた。

背中に回した腕を上げ、再び柔らかい髪を包む。優しく上向かせると、大量の涙で頬を濡らしている羽鳥が英介を見上げてきた。眼の縁が赤くなり、半分開いた唇は何かを言いたそうに戦慄いていた。

「……クッシャクシャだな」

子どものように無防備な泣き顔が可愛らしいと思う。英介の言葉に反発するように眉根が寄り、睨んできたが、眼が潤んでいるからまったく効力がなく、それを見ているこちら側の口角が緩んでしまった。

「君が……変なこと、言うから」

「うん。よかったって話だ」

笑いながら頬に手を当て、掌で涙を拭き取ってやる。

この泣き顔が、悲しみからくるものじゃなくてよかった。羽鳥が英介に電話をしてくれて、ここに連れてきてやれてよかった。羽鳥の不安や苦しみを聞いてやれてよかった。

怒ったような顔をした羽鳥は、それでも動かずに英介にされるまま顔を拭かれている。指で涙を拭いてやりながら、こんな羽鳥をサークルのメンバーが見たら、仰天《ぎょうてん》するだろうなと考え、可笑しくなった。

笑顔ぐらいなら見せてやってもいいが、泣き腫らしてクシャクシャになったこの顔は、自分以外には誰にも見せたくないな、などと勝手な考えが浮かんだ。

「……悪い。取り乱してしまった。もう、平気だから」

英介に顔を撫でられながら、困ったように眼を泳がせている。照れ臭いらしい。

「眼が赤いな。泣いたってのがバレバレだ」

「そうか……?」

不安げな顔をして英介に問うてくるのがまた、どうしようもなく可愛らしい。

今度はどんな顔をするだろうと思いながら、頬に置いた手を引き寄せながら、何かを言おうとしている唇に、自分のそれを重ねた。

軽く押し付け、すぐに離れて目の前にある顔を覗く。羽鳥は呆《ほう》けたような顔で棒立ちのまま、英介を見上げてきた。何が起こったのか分からないという表情が、あどけなくて可笑しい。笑いながらもう一度顔を近づけると、英介を見つめていた眼が受け入れるように閉じられた。

「……っ、ふ……」

唇の下で息を吐き、それを吸い取るようにしてやると、ちゅ、と音が立った。

「まだ治まんないな」

もう一度今度は甘く嚙むようにして、柔らかい唇を味わった。

「あの、……宇田川……？　ん」

問いかけてくる声を塞ぐようにまた合わせる。今しがたまで泣いていた羽鳥の唇は熱かった。戸惑いながら英介のキスを受け、応え方が分からないように棒立ちのまま、大人《おとな》しくしている。

重ねながら、唇のあわいに舌をそっと這わせると、小さな吐息が漏れた。柔らかく舐め上げて、もう一度顔を覗く。見つめ返してくる瞳が揺れていた。

頬を挟んでいた手を滑らせ、髪に差し入れる。英介も顔を倒し、深く合わさった。

そっと触れた舌が戸惑うようにそこにある。軽く絡ませながら閉じていた眼を開けると、我慢するように眉根を寄せ、ギュッと眼を閉じたまま、だけどやはり大人しく英介のキスを受け取っている羽鳥の顔があった。

唇を離し、至近距離でその表情を見つめる。うっすらと眼を開けた羽鳥が、困ったような、蕩《とろ》けるような、問うような、甘えるような、そんな顔をして、英介を見つめ返してきた。

「……やっぱり治まんないな」

「そりゃ……こんなことしても、治まるわけ……」

動いている唇にまた軽く重ね、素早く離れてまた眼を覗いた。

「つうか、なんかやばいことになってる」

「やばい……？　え、そうなのか？」

慌てたように聞いてくる羽鳥に笑って「かなりやばい」と返すと、からかわれたと思ったのか、キュッと眉を寄せて睨んできた。

「いや、マジで。病院戻ったら、一旦顔洗って引き締めろ。姉さんが見たら不審がるぞ」

顔をまじまじと覗き、真面目《まじめ》に指摘した。だって、これは本当にやばい。眉根を寄せたまま見上げてくる表情が、壮絶に可愛らしいのだ。

腕の中にいる羽鳥を手放し、病院に帰さなければならないことが、残念で堪らない。

「俺も顔洗わないと」

次に羽鳥に会うために、何としても安全運転で帰らなければならないと、未だに可愛らしい顔で見つめてくる顔を眺めながら、決意を固めている英介だった。


プリプリの岩牡蠣《いわがき》を目の前に、冷酒で乾杯をしている。

入荷したらお知らせしますよと約束された通り、居酒屋の店主から連絡を受け、羽鳥を伴って店にやってきたのだった。

「……でかいな」

テーブルの上に置かれた岩牡蠣は、想像以上に身が太っていた。大きな殻を持ち、生姜《しょうが》の千切りと酢醤油に浸された身を一気に口に放り込むと、濃厚な海の味わいが口いっぱいに広がって、しばらくは言葉が出なかった。

目の前に座る羽鳥も、英介と同じようにして牡蠣を頬張っている。牡蠣は好物らしく、眼を細めて静かにポクポクと口を動かしているのを見て笑ってしまう。英介の視線に気が付いた羽鳥が、口を動かしながら眼を左右に動かし、俯いた。下を向いてもまだ頬が動いている。飽きずに眺めていると、窺うようにそっとこちらに視線を向け、まだ見られていることに業を煮やしたのか今度は睨んできた。そのあいだも頬はポクポクと動いていた。

「美味《うま》いな。やっぱり旬の味、最高」

笑いながら英介が言うと、寄せていた眉根が解《ほど》け、「うん」と頷くのが可愛らしい。

店主が焼き牡蠣を運んできた。テーブルに載せられたやはり大きな牡蠣に、羽鳥の口が「わぁ」と言うように小さく開いたのを見て、英介はまた笑ってしまった。羽鳥が見せてくれるどんな表情も見逃したくない。

金曜の夜。羽鳥と会うのは車で病院に連れていって以来、二週間振りのことだった。

「明日も千葉に行くのか？」

湯気の上がる焼き牡蠣を、火傷《やけど》しないように用心して頬張りながら英介が聞くと、同じようにふうふういわせた羽鳥が「ああ」と返事をした。

顔を合わせることはなくても、メールは頻繁にし合っている。夜中に電話で話すときもあり、羽鳥の近況は知らされていた。可愛い甥っ子のために、羽鳥は週末には千葉の病院に通い、また、気難し屋の父親の見舞いにも行かなければならなかった。

「事故の処理はちゃんとやっているのかとか、保険のこととか、うるさくて困る」

篤志の事故を知った父親は、あれこれと口出しをしたくて、後遺症や病院の評判などを調べ上げ、こうしたほうがいいと羽鳥に伝言をさせようとするらしい。

「言っては悪いが、父が動けなくてよかったと思ったよ。あの調子で篤志のところに見舞いに行かれたら、また姉と喧嘩になる」

内緒だよ、と言うように、悪戯《いたずら》っぽく英介に打ち明けてくる表情に、英介も笑顔で頷いた。

「実は、父を入院させたほうがいいって勧めてくれたのは、母なんだ」

軽い症状で自ら診察を受け、投薬と通院で済ませようとしていた父のことを報告した折りに、そう強く助言され、従ったのだという。

「初めはぐずぐず言って動かなかったんだけど、思い切って母からの助言だって言ったんだ。そうしたら、渋々従ったよ。そしてやっと入院させて、付き添いして帰るときに、病院のコーヒーショップに宇田川がいたんだよ」

「そうだったんだ」

「そう。凄い偶然だ」

「お母さんに感謝だな」

「そうだな。有り難いと思っているよ」

「おまえがそうやって頼ってくれたから、お母さんもおまえを頼ったんだろうな」

「頼ったというか、一応報告しておこうと思って」

本人に自覚がなくても、報告義務という理由を付けて、羽鳥は誰かに相談したかったのだろう。甥が事故に遭った夜、英介のもとに電話をしてきたように。

「うん。そうだな。でもそれがあったから、お母さんも篤志くんが事故に遭ったときに、真っ先におまえに連絡をしたんだと思うよ」

「そう、かな……？」

「それに、二十歳の誕生日じゃなくても、おまえはやっぱり傷付いたと思うよ。中学のときでも、高校のときでも、時期がいつになっても、おまえはきっと『なんでこんなときに』って、そう思ったと思う」

英介の言葉を、羽鳥が瞬きもせずに聞いている。

「おまえがそう思うってことを、お母さんはちゃんと分かっていたと思う」

英介を見つめている目元が柔らかく解けた。

「君は本当に……凄いな」

唇が笑みの形を作り、白い歯を見せて羽鳥が笑った。

「明日は俺が車を出してやろうか？」

英介の申し出に、え、と僅かに口を動かし、それからまた下を向き、沈黙してしまった。

「電車よりも早く着けるし、乗り継ぎが面倒臭いんだろ？　どうせ俺も休みだし」

気に入っているざるもずくを羽鳥がつゆに付け、チュル、と啜った。

せっかく久し振りに会えたのだ。なるべく一緒にいられたらいいと思い、そう提案する英介に、「しかし……」と羽鳥が煮えきらない。

「遊びに行くのとは違うし、俺が病院に入ったら宇田川は暇だろう。そんな、足に使うようなことはできないよ」

「平気だよ。おまえがゆっくり見舞ってるあいだ、その辺流してるし」

どうせなら、今夜英介の部屋に泊まり、明日の朝そのまま出掛ければいいとも思ったが、それを言うと、ますます羽鳥が困惑するような気がして、口に出せなかった。

「最近遠出することもないから。ついでっていうか、運転したいんだ、俺も」

英介の提案に「じゃあ、お言葉に甘えて、乗せてもらおうかな」と、やっと羽鳥が言ってくれた。

「朝はゆっくりめでいいから」

明日の約束を取り付け、また酒を酌み交わす。

羽鳥を相手に沈黙が訪れるのにはもう慣れてしまったので、そこは気にならないのだが、今日は羽鳥のほうがそれを気にし、落ち着きなく話題を探しては、結局探せずに冷酒を口に運んでいた。

「大丈夫か？　そろそろ出ようか」

テーブルに着いている限り、延々と酒を飲みそうな羽鳥を心配して、英介がそう声を掛けると、羽鳥は「そうだな」と言いながら、名残惜しそうに冷酒のグラスを手の中で転がしていた。

店主に会計を告げて、帰り支度をする。財布を出そうとする英介を制し「今日は払わせてほしい」と羽鳥が言った。

「この前車を出してくれた礼だ。払わせてくれ」

相変わらず真面目な顔で言われ、英介も悪遠慮せずに「じゃあ、ご馳走さま」と笑顔で頭を下げた。

「でも、こういうのは今回で最後な。礼とかそういうの。明日のも、俺が連れていきたいって言ってるんだから、遠慮もいらないし、礼もいらない。俺も楽しみなんだから」

英介の声に「うん」と羽鳥が頷いた。

「分かった。俺も……その、楽しみにしてる。今日も……久し振りで、その……できれば、もう少し……」

モゴモゴと言わせている羽鳥の次の言葉を待ち、身を乗り出したところで「はいよ、おあいそ」と、絶妙なタイミングで店主が会計票を持ってきて、会話が中断されてしまった。


店を出て、前と同じ道を並んで歩く。

街の灯りに照らされた夜空は仄明るく、星も見えないが、天気がいいのは分かる。明日もたぶん晴れだろう。梅雨《つゆ》入り前の宵のひとときを楽しむように、外には人が溢れていた。部屋に帰るには、まだだいぶ早い時間だ。

羽鳥が言った「もう少し」のあとに続く言葉は英介にも想像がついた。もう少し一緒にいたい。もう少し話したい。それは英介も同じ気持ちだ。

お互いに同じ気持ちなのだから、英介のほうから言えばいい。だが、気軽に口にできないのは、その気持ちの深さの度合いが測れないからだった。病院の駐車場での出来事を、羽鳥はどう捉えているのか。

英介は今、羽鳥に対する自分の気持ちが何であるのか自覚している。そして自覚しているからこそ、軽率に行動できなくなっていた。急いで行動を起こしてしまっては、今ある関係すら失ってしまいかねない。大切に育《はぐく》んでいきたいと思う反面、羽鳥の気持ちが知りたいというジレンマもある。

誘うべきかどうするか。ひとり悶々と悩んでいる隣で、羽鳥は相変わらず涼しい顔をして歩いていた。扱いの難し過ぎる男に恋をしてしまったものだ。

邪《よこしま》な感情は取りあえず横に置いておくとして、友人として部屋に誘おうと決心し、声を掛けた。

「あのさ……羽鳥」

「今日、家に来ないか？」

英介の声に、羽鳥の足が止まった。

「いや。別に変な意味じゃなく。ほら、明日病院に出掛けるし。どうせなら家から一緒に出ればいいかと思って」

なるべく何でもないことのような声を出し、足を止めてこちらを見上げてくる顔に笑い掛けた。英介の誘いに、羽鳥は例の僅かに眉を寄せた表情を見せ、首を傾げた。英介の真意を測るようにじっと見つめられ、ここで眼を逸らしてしまっては、却って不自然だろうかなどと考え、どうか顔が引き攣らないようにと祈りながら、英介も笑って見つめ返す。

見上げてきた視線がすい、と逸れ、羽鳥が下を向いた。

「……あ、でもあれか。着替えがないか。部屋着とかは貸せるけど、明日着ていく服に困るな」

羽鳥のだんまりに心が萎えてしまい、急いで前言を撤回した。

「急に誘われても困るよな。悪い。じゃあ明日、迎えに行くから。九時ぐらいでいいか？」

「……うん」

止まった足が動き出し、羽鳥が再び歩き始める。その歩調に合わせながら、仕方がないかと諦めた。

ゆっくりがいい。そうしよう。羽鳥にとって英介は、ほぼ初めてと言っていい、貴重な友人だ。英介もそれは理解しているし、その関係さえも壊れてしまうのは嫌だった。

「いや、たださ、久し振りに会えたから、もう少し一緒にいたいなって。羽鳥もそうだったら嬉しいかなって、そう思っただけ」

英介の声に、羽鳥が再びこちらを見上げてきた。

「じゃあさ、まだ時間も早いし、もう一軒ぐらい何処か行く？」

これくらいの誘いなら了解してくれるだろうと、辺りを見回し店を物色する。入りやすそうな看板を探している横で、一緒に視線を巡らしていた羽鳥が何かに眼を留め、急に動き出した。

知っている店でもあるのかと、羽鳥のあとについていくと、そこは花屋だった。店先に並べられた花束を、羽鳥が難しい顔をして眺めている。

「羽鳥、どうした。花、買うのか？」

明日の見舞いに花でも持っていくのかと思い、真剣に花を見つめている羽鳥に聞いてみる。英介の声を無視するように今度は店の中に入っていくから追い掛けた。

「花束をひとつ、作ってほしいのですが」

奥のカウンターにいる店員に、羽鳥が話し掛けている。にこやかに対応した店員が、どんな感じにしましょうかと、羽鳥に聞いた。

「好きな……人に、告白しようと思う、のですが、そういうときは、やはり、バラがよいでしょうか」

羽鳥の途切れ途切れの声に、一瞬目を丸くした店員が、次には大きな笑顔を見せ、「そうですか。では、誠意を込めて選ばせていただきます」と言った。

店員に花束の用途を告げた羽鳥は、肩で息をしている。真剣に花を見つめる横顔は、必死そのものだ。

「告白すんの？」

「そうだ」

誰に？　とは聞かなかった。こちらに向けられた顔が、すでに全部を伝えてきたからだ。

「断られるかもしれないが。……断られる、かな……？」

不安そうに羽鳥が英介を見上げてきた。英介は腹の奥から何かが込み上げてきて、声を出して笑いそうになり、同時に力いっぱい羽鳥を抱き締めたくなった。その衝動と闘いながら、見上げてくる顔に満面の笑顔を向け、答える。

「大丈夫だと思うぞ。すげえ喜ぶと思う」

英介の返事に羽鳥が笑った。

「そうだといいな」

「絶対に大丈夫。俺が保証する」

仄かな笑みを残したまま、羽鳥は店員が手にしている花に視線を移した。店員が選んできたのは鮮やかな赤色のバラだった。

「花言葉も、選ぶ色で意味が違ってくるんですよ。愛の告白ならやはり真紅《しんく》でしょう」

「そうなんですか？」

「『情熱』とか『あなたを愛します』っていう、直接的なメッセージになりますから」

「じゃあ、それで」

生真面目な顔で羽鳥が花の色を選び、隣でニヤつきそうになるのを何とか堪《こら》える。

「お相手はどんな方ですか？」

張り切った様子の店員が、笑顔で羽鳥に聞き、羽鳥が眉を寄せて考え込んだ。

「優しくて、大らかで、誰からも好かれる……凄く素敵な人です」

耳まで真っ赤にしながら、羽鳥が好きだという人の説明をしている。

「前から知っていた人なんですが、ここ最近再び会うようになって、その人の人となりに触れ、前よりもずっと、その人のことが好きになり、今に至ります……」

入社面接の口上《こうじょう》のような説明を聞き、思わず笑ってしまった。

「勝算はありそうですか？」

店員の楽しそうな詮索に、羽鳥が真面目に「あるといいのですが」と答えている。

「キスまでは及んだのですが、今ひとつ真意が掴めず……躊躇《ちゅうちょ》していたのですが、思い切って言ってみようかと思い」

律儀に経緯を語る羽鳥の口を押さえたくなる。

「俺は凄くいろいろなことが下手くそで、でも、辛抱強く俺に付き合ってくれて」

「そんなことはないと思うぞ。その人もおまえと一緒にいて楽しいから、付き合ってたんだろう」

「そうだろうか」

「向こうも嬉しいと思うぞ？　おまえのほうから告白なんてされたら」

花を睨んでいた羽鳥がまた英介を仰ぎ見た。

「喜ぶか？」

「滅茶苦茶喜ぶ。小躍りだ」

「小躍りか。それは嬉しいな」

羽鳥が破顔した。今まで見せてくれた、どの笑顔よりも大きい、満面の笑みを浮かべて英介を見上げてくる。

「俺が困っているときに飛んできてくれて、助けてくれたのが、とても嬉しかったんだ。そのあともらった言葉に……救われた」

「そうか」

「俺は、言葉が足りないし、こう……気持ちを伝えるのも下手だから、恋なんて諦めていたところもあって。でも、その人のことは諦めたくないなって。『人に好かれる努力をしましょう』というのは、未だに難しくて。そこまで万人《ばんにん》に好かれたいとも思わないんだが、その人に好かれる努力なら、どうにか、したい……とか」

頬を染めてそんなことを言ってくるから、今すぐここで抱き締めたい衝動と闘う努力をしなければならない英介だった。

「充分伝わっていると思うよ。というか、相手のほうもどうやって口説こうかと思ってるところに先を越されて、悔しがってるかもしれないな」

「そうか。そうだと……嬉しいな」

「絶対そうだって」

花を選んだ店員が、ラッピングのために奥へと引っ込んでいった。

「前に一度、諍いを起こしたとき、酷い言い方をしたと後悔した」

花束が出来上がるのを待ちながら、羽鳥が小さく呟いた。

「諍いってほどでもないよ。あのときは俺も悪かった。それにあれはもう、二人で謝って手打ちになっただろ？　忘れようよ」

あのときは英介も大概な態度を取ったことを、今では反省している。許し合ったのだから忘れようと言っても、羽鳥は未だにそのことに拘《こだわ》り、苦しそうな表情を浮かべるのだ。

「宇田川と会っているときに、俺はいつもこう……何というか、邪な心を持っていて……」

その表情のまま英介を見上げ、羽鳥がまた爆弾を落としてくる。

「そうなのか？」

「……そう。会えば会うほどどんどんそういう気持ちが大きくなって。あの日おまえに誘われたとき、それを見透かされたような気がして、恥ずかしくて……慌ててしまったんだ」

何とか取り繕おうとして、気持ちを見透かされまいと、つい攻撃的な態度を取ってしまったと、恥ずかしそうに言う。

「それに、俺は恋愛経験がなく……」

「ああ、うん。それは何度も聞いた」

モゴモゴと俯きながら話す声が聞き取れず、腰を屈めて覗き込むようにして羽鳥の声を聞こうとするのだが、声が小さ過ぎて聞こえない。

「おい、聞こえないぞ。ちゃんと言ってくれ」

「……嫌だったんだ」

「そうか。うん。嫌だよな」

多少のショックを受けたまま、羽鳥の声に相槌《あいづち》を打つ。

「初めてが……ラブホとか、そういうのが、嫌だったんだ」

耳から首筋まで赤くして、言いにくいことを言わされている怒りのためなのか、眼にはうっすらと涙すら浮かべている。

「そりゃあ、宇田川はモテるし、俺よりもずっと経験豊かだし、ああいうところを利用するのは日常茶飯事で躊躇も何もなかったんだろうけど」

「あ、いや、俺だってそんなには……」

「昼に牛丼屋に入る手軽さで簡単に行けたんだろうけど」

「そんなことはないよ」

「俺の邪な気持ちを見透かして、じゃあ誘ってみようかと気軽な気持ちで誘われて、だけど俺にとってはきっと一生に一度のことで、それがそんな形で遂げられるのかと思ったら、情けなくなって、頭に血が上ってしまった」

俯いたまま、小さな声で、羽鳥があのときの気持ちを吐露した。

確かにあのとき、雰囲気でいけそうだと考え、なおかつ断られてもいいように、適当な誘い方をした。拒まれて落ち込むのは格好がつかないと、そんな気持ちがああいう言い方をさせ、羽鳥はきっと、それを感じ、傷付いたのだ。

「子どもの駄々と一緒だな。恥ずかしい」

「違う。ごめんな、羽鳥。俺が悪かった」

格好つけて、余裕ぶって、自分が好意を仄めかすときには、いつも冗談に紛らわせていた。気持ちを見透かされまいと、取り繕っていたのは英介も同じだ。

雰囲気だとか、その場の空気で、安易に行動を起こしてはいけなかったのだ。自分の世界の中で完結し、その殻をようやく破って出てきた羽鳥は、誰よりも無垢《むく》で、傷付きやすい。

今日部屋に誘ったのだって、どうせ明日一緒に出掛けるのだからと、どちらでもいいような言い方をした英介に対し、羽鳥はそういう逃げ道を作らない。仕事を紹介してきたときもそうだったし、今、英介のために花を選び、告白をし、けじめをつけようとしているのもそうだ。羽鳥はいつだって英介に対し、真っ直ぐで誠実な気持ちをぶつけてくる。

「俺のほうが軽はずみにおまえを傷付けた。ごめんな」

「そんなことはない。全然傷付いてなんかいない」

急いで言ってくる羽鳥に、英介も笑顔を返した。

「俺も格好つけないで、ちゃんと言うよ。こう……探ったりしないで、言いたいことは言うし、聞きたいことも聞く」

言葉はときどき人を酷く傷付ける。何気なく放った言葉が取り返しのつかないほどの傷を負わせることだってあるだろう。だけどそれを修復できるのも、やはり言葉だ。間違いを犯したのなら、誠意を尽くして謝るしかない。お互いに歩み寄ろうという気持ちがあれば、許してもらいたいと思うし、許したい。

「失言はあると思う。俺も未熟だし、人間だからな。でも、失敗したら謝るから。だから許してほしい」

「うん」

「おまえも謝ればいい。おまえだって未熟者なんだから」

未熟者と言われた羽鳥が軽く睨んできた。

「謝ったら俺だって許してやるから」

英介の言葉に、羽鳥が笑った。

「うん。そうだな」

「じゃあ、さっそくなんだけど。二軒目行くのは止めにしてもいいか？」

笑っている顔に、自分も逃げ道を作らずに、正直な気持ちを伝える。

「部屋に来ないか？　つか、来てほしい。店じゃなくて、二人きりで。一緒にいたい」

英介の要望を聞いた羽鳥の耳がほんのりと赤くなり、俯いてしまった。……性急過ぎたかとすぐさま後悔し、前言を撤回しようとしたら、小さく「うん」と返事が聞こえた。

「俺も……行きたい。宇田川の部屋なら、その……、……いい」

語尾は消え入り、首まで完全に真っ赤だ。心の中で拳《こぶし》を振り上げガッツポーズをしながら「よかった」と冷静な声を出すのがやっとだった。

「お待たせしました。リボンも同色にしました。いかがでしょう」

カスミソウを散らした真紅のバラの花束が出来上がり、羽鳥がそれを受け取った。

「上手くいきますように。頑張ってくださいね」

激励されて、店をあとにした。駅への道をまた並んで歩いていく。

「……くんねえの？　それ」

いつそれをもらえるのかと待っているのにずんずんと進んでいってしまう羽鳥に、自分から催促している。

「くれよ。喜んで受け取るから」

「ここで？」

英介の催促に、周りを気にしながら羽鳥が聞いてきた。

「ああ。早く返事がしたい」

人通りは相変わらずあるが、誰も眼を留めたりはしないし、見られていても構わない。

駅へと向かう広い歩道の真ん中で、羽鳥が花束を差し出してきた。

「宇田川のことが、大好きです。よかったら、俺と、付き合ってください」

僅かに眉間に皺を寄せ、真っ直ぐに英介を見つめてきた。行き交う人が一瞬足を止め、微笑《ほほえ》みながら通り過ぎていく。

羽鳥は開きかけたバラの蕾《つぼみ》と一緒に、英介の返事を待っていた。

「ありがとう。嬉しいよ。俺も羽鳥が好きだ」

花束を受け取り、そう言った。

「未熟者ですが、こちらからもお願いします。俺と付き合ってください」

眉間の皺が解け、白い歯が零《こぼ》れ見えた。

花束ごと羽鳥の腕を引き寄せる。抱き締め、キスをしたいと思ったが、辛うじて思いとどまった。

左手に花束を持ち、右手で羽鳥の腕を取った。

「続きは俺の部屋でしようか」

恥ずかしそうに笑って頷く羽鳥の手を引っ張りながら、走ってくるタクシーに向けて、大きく花束を掲げた。


タクシーを降り、やはり二人で手を繋いだまま、部屋の中に入る。ドアが閉まると同時に羽

鳥を抱き締めた。

「ん」

ガサガサと花を包んでいるセロファンが擦れる音がした。花束を持った手を羽鳥の背中に回し、別の手で顎を持ち、仰向ける。軽く口を開けて唇を噛むようにすると、またカサリとセロファンの音がする。羽鳥は僅かに眉を顰《ひそ》め、少し苦しそうだ。それでも英介に応え、唇を開き、受け入れてきた。

「……ぁ、……ふ」

また甘い溜息が聞こえ、羽鳥が閉じていた眼を開いた。見つめられていたことに気が付いて、恥ずかしそうに視線を下に向けている。逃げようとする顎に手を添えて、もう一度上を向かせ、合わさった。舌を絡めて、溜息ごと奪うように吸い取ると、羽鳥の眉がまた寄せられ、両手でスーツを摑んできた。

「花……が、潰れ……」

玄関のドアに押し付けられたまま、いいように貪《むさぼ》られている羽鳥が、キスの合間に抗議をするように言ってきた。

「ごめん。せっかくもらったのにな」

靴も脱がないままの性急な行為に、自分自身で苦笑し、それでも名残惜しくて、もうひとつ軽いキスを落としてから、解放してやった。

ようやく靴を脱いで、手を取って廊下を進んだ。リビングに連れていって座らせてから、英介は台所に行き、もらったばかりの花を花瓶に挿した。部屋に戻り、前と同じようにテレビの横に置く。羽鳥の隣に英介も腰を下ろし、一緒にバラの花を眺めた。

「やっぱり、いいな。部屋の感じが変わる」

「そうだな」

隣にある身体《からだ》を抱き寄せて、もう一度唇を重ねた。指の先で羽鳥の輪郭をなぞりながら、ちゅ、ちゅ、と啄《ついば》むようなキスを交わす。

羽鳥の腕が英介の背中に回され、またスーツを摑んできた。唇を一旦離し、至近距離にある瞳を見つめると、長い睫《まつげ》を震わせながら羽鳥も英介を見返し、自分から唇を寄せてきた。

「羽鳥、このまま……いいか？」

頬を撫でていた指を滑らせ、ネクタイの結び目をトンと叩く。気持ちは先に進みたいが、羽鳥がまだ望まないというなら、それでも構わないと思った。少しずつ進んでいけばいい。

英介の問いに、羽鳥はゆっくりと瞬きをし、それからふわりと微笑んだ。

「言っただろう？　俺のほうがずっと……望んでいたんだって」

眉を寄せ、困ったような顔をして、英介のネクタイを解いてきた。羽鳥の手の動きを大人しく眺めている英介を、やはり眉を寄せたまま、上目遣いに見つめられ、思わず喉が鳴った。

シュル、と音を立ててネクタイが外される。ネクタイごと羽鳥の腕を取り、「行こう」と立ち上がった。英介に引き上げられるようにして立ち上がった羽鳥の手を引いて、寝室に行こうとしたら「待って」と小さな抵抗を見せられ、振り返った。

「風呂、借りたい。その……準備もいるし」

恥ずかしそうに言ってくるのに笑みを返し、「分かった」と頷いた。

「ひとりでできるか?」

英介の問いに一瞬の逡巡を見せたあと、「……できる」という返事がくる。そうか、できるのかと思うと同時に、得体の知れない興奮が湧き上がってきた。

「やっぱり一緒に入ろう、風呂」

「え……」

「準備、俺がしてやりたい」

「でも」

繋いでいる手を自分の口元に持っていった。細く、長い指先を含み、戸惑ったように眉を寄せている顔を覗く。

「したい。教えて……?」

困った顔をしている耳元に唇を寄せ、ねだりながら、柔らかい皮膚を嚙んだ。

「……あ、ちょっ……と、やっぱりっ、待……て」

浴室の中、シャワーが床を打つ音に混じり、羽鳥の声が響いた。

「ええと……うん。分かった。つか、冷たくね？」

服を脱ぐまでは上手くいった。洗面所で二人向き合い、お互いの服を脱がせ合うまでは楽しく事が進んだ。

そして全裸になり、浴室に入り、シャワーを出したところで振り返ったら、羽鳥が壁にぴったりと張り付いていたのだ。

すんなりと事が進むとは思わなかったが、やはり羽鳥だった。決心してここまでやってきただけでも賞賛に値する。だがその先が予想通り過ぎて笑ってしまう。

「羽鳥。嫌なら無理強いはしないから。安心しろ」

「嫌じゃ……ないっ」

こちらに背を向けたまま、言うことだけは気丈だ。

「お湯、掛けるぞ」

浴室は寒くはないが、壁のタイルは冷たいだろうと、身体を硬くしたままの背中にシャワーを掛けてやると、ヒクリと肩が震え、羽鳥の顎が上がった。お湯を掛けてやりながら、肌が水を弾いていく様子を眺める。

「触ってもいいか？」

お伺いを立て、小さく頷くのを確認してから、細い肩にそっと触れた。お湯で温まった肌は柔らかく、英介の掌に吸いついてくる。左手にシャワーのノズルを持ちながら、右手を滑らせていった。

英介に撫でられている羽鳥が大人しく耐えている。背骨の線をなぞると、く、と眉を顰めるのが可愛らしい。

英介の手の動きに肌が敏感に反応している。きつく閉じようとした唇が小さく開き、吐息が漏れる。そこにキスをしたいと思った。

「羽鳥、キスしていいか?」

薄っすらと眼を開き、後ろに立つ英介のほうに顔を向けてくる。駄目だと言わないから、そこに自分の唇を押しつけた。

「ん……」

英介のキスを受け、羽鳥が溜息を吐く。誘うように軽く開けられたそこに侵入し、舌を絡め、吸った。シャワーを持ったまま、顔だけをこちらに向けている羽鳥にキスを繰り返す。頑なだった身体がほんの少しだけ解《ほぐ》れ、英介に応えてくるのが嬉しかった。

唇から頤《おとがい》、首筋、耳へと滑らせていく。耳朶《じだ》を柔らかく噛んでやったら、「あ、ん」と、甘えるような声を出し、羽鳥が顎を上げた。

「もう少し……触ってもいいか?」

いちいちお伺いを立てる英介に、羽鳥はフッと笑い、「聞いてくるな」と抗議をしてきた。

「だって、聞かないでいきなりだとおまえ、吃驚するだろ？」

「平気だ。聞かれて答えるのも……恥ずかしい」

羽鳥の言葉に、シャワーを壁に戻した。英介を待っている背中に抱き付き、腹に腕を回した。強く抱き締めながら、首筋に唇を当て、軽く嚙んだ。

「は……、あ」

僅かな痛みに羽鳥の背中が撓《しな》り、声が上がった。両手で撫でまわしながら、唇で強く吸う。それだけの行為で、自身はなにも刺激を受けていないのに、下半身が熱くなった。

「宇田川……」

「なに？」

「……好きにして……いいから」

腕の中に収まった羽鳥が、また爆弾を落としてくる。

「おまえなあ……」

このシチュエーションでそのセリフは危険だぞと窘《たしな》める英介に、羽鳥は尚も必死の声で煽ってきた。

「好きにしていいって言っている。分からないから。全部……君の好きにしていい、そうされたいんだ」

心臓がドクン、と波打った。

「分かった。でも嫌だったら言えよ」

「うん」

「足、……開けるか？」

英介の声に羽鳥が素直に従った。眉を寄せたままの横顔は、まだ羞恥を残している。それでも英介に従おうと身体を開いていくのが、可愛いと思う。

用意していたチューブの蓋を開け、掌に載せる。

「少し、我慢して、な」

「ん……」

そうっと宛がった指を中に入れた。

「ぁ……あ、ぁ……っ、は」

壁に両手をついた羽鳥の背中が撓る。

「平気か？」

埋め込ませた中指を静かに動かしながら、耳元にキスをした。

「ん……ん」

眉を寄せ、我慢をしている顔が色っぽい。違和感に悶《もだ》え、だけど痛みはないようなのがその表情から汲み取れた。

声が途切れ、顔が上向く。顎を軽く摑み、掌で撫でながら、羽鳥の中に入れたままの指をまた動かした。

「指増やしても平気？」

「まだ、駄目」

「分かった」

どこまでも付き合ってやろうと、宥めるようにして頰を撫で、項《うなじ》に唇を当てた。

「い……い、宇田川、指、増やしても、い……」

「今、まだ駄目だって言った」

「いい、いいから」

「我慢はするなよ？」

「してない」

頑固な声を聞き、言われた通りにそっと指を潜り込ませる。はあはあと息を吐き、羽鳥が背中を撓らせる。中指に添わせるように人差し指の腹で入口を撫で、傷付けないように少しずつ進んだ。

「は……ぁ、は……っ」

白い肌が波打ち、甘い溜息が漏れる。もう一度項にキスをし、小さく喘いでいる口元を覗いた。

「あんまり……見るな」

「なんで？」

「だって、さっきからずっと……見てる。恥ずかしい、から」

眼元を赤く染め、覗いてくる英介を睨みながら、羽鳥が抗議をした。

「見たい。全部」

英介の愛撫に反応しながら喘いでいる顔も、それを恥ずかしがり、暴こうとする英介をこうして睨んでくる顔も、誰にも見せたことのない羽鳥の表情すべてを見ていたかった。

「ん――、ん、ぅ、ん、ん、ん」

隘路を掻き回すようにしながら指を回転させる。いやいやをするように首を振り、唇を噛んで声を抑える仕草が可愛い。声をもっと引き出したいと思うが、強情で恥ずかしがり屋の羽鳥はそれが嫌なようで、懸命に我慢しようとしているのがまた可愛らしいのだ。

「……かわい」

見たままの感想を耳元で囁くと、羽鳥の中に入っている指が、キュン、と締め付けられた。

「羽鳥、可愛い……」

英介が声を発する度に、中が蠢《うごめ》いて締め付けてくるのが愛しいと思う。

「なあ、名前呼んで」

「え、いや、だ」

「なんで、呼んでよ……圭一《けいいち》……」

「ひ……ぁ」

羽鳥の名前を呼んだら、絡みついた襞《ひだ》がますます蠢いて、英介の指を締め付けてきた。二本の指はすでに根元まで埋め込まれていた。静かに抜き差しを繰り返しながら、名前を呼んでくれと囁いた。

「呼べって、なあ、圭一」

項を唇で撫で、声をねだる。

「え……ぃ、すけ」

やがて、溜息に紛らわせ、自分の名を呼ぶ声が聞こえた。

「もっかい、呼んで。圭一」

「あ……、英介」

お返しをするようにして耳たぶを噛んでやった。名を呼び、呼ばれる度に、羽鳥の中が呼応するように蠢き、英介の劣情を煽っていく。

「英介……えい、あ、あ」

「うん。好きだ、圭一」

首を捻《ひね》るようにしてこちらに顔を向けた羽鳥の唇に吸い付きながら、答えた。

「俺も、好き」

「うん」

返事をしながら、もう一度キスをする。

「英介が……好きだ」

「うん。俺も」

お互いに好きだと告白し合い、その度にキスを繰り返した。

「英介、……英介、もぅ、指、抜いて」

「まだ、だって準備できてないだろ?」

二本の指によって解された後孔は、それでもまだ頑なで、先に進めるとは思えなかった。

「いやだ。だって……もう、この体勢、やだ」

強い声を出すから、壁に手をついたこの形が嫌なのだと思い、素直に手を離した。英介の指がなくなると、「あ」と小さく鳴いた羽鳥は、それからひとつ溜息を吐き、身体を反転させてきた。

「英介ばっかり見ているのはずるい」

そう言って英介の頰を両手で挟み、顔を近づけてくる。素直に従い、英介からも迎えにいった。

「あ……ふ」

初めから口を大きく開け、羽鳥が英介の中に入り込んできた。クチュクチュとシャワーとは違う水音が立つ。溜息と甘い声と、二人が絡み合う水音で浴室が満たされていった。

ぴったりと重なった肌はどちらも熱い。向かい合い、互いの劣情を押しつけ合うようにして、どちらからともなく身体を揺らしている。下を向いてそれを確認した羽鳥が、嬉しそうに頬を綻ばせた。

「……凄い」

興奮した英介のペニスが羽鳥の腹に擦りつけられていた。

「うん。なんか自分でも凄いことになってんなって思う」

直接の刺激を受けたわけでもないのに、硬く育ったその先端からは蜜が溢れ出し、羽鳥の肌を押し上げるようにしながら揺れていた。

羽鳥が窺うように英介を見上げてくる。物言いたげな瞳に笑い、耳元に唇を寄せた。

「俺のも……触って」

下を向いた羽鳥の手がそろそろと近づいてくる。長い指がツ、と先端を撫でてきた。

「……ん」

僅かな刺激に反応して、英介の屹立がピクンと跳ねた。悪戯をするように指先でさわさわと撫でられ、もどかしさに眉を顰める英介の顔を、羽鳥が見上げてくる。

さっきのお返しとばかりに見つめてくる瞳を、英介も見つめ返した。指先が蠢き、掌で優しく包まれた。

「は、……あ」

見上げてくる瞳が細められた。その表情は、子どものようにあどけなく、理性が飛びそうになるくらいに妖艶だ。

掌をゆっくりと上下させながら、溜息を漏らしている英介をまた見つめ、嬉しそうに羽鳥が笑った。

肩を抱き、引き寄せながら、再び顔を近づける。

「ん……」

深く絡め合いながら、お互いの身体を撫で合った。

風呂場に誘い込んで準備を手伝う予定が、自分のほうに限界がきていた。時間を掛けて、大切に進みたいと願っている裏側で、獰猛《どうもう》な欲望に流されそうになっている。

「出ようか」

自分に寄り添っている身体を離し、羽鳥の腕を取った。英介のサインを感じ取った羽鳥が柔らかく笑い、頷いた。

身体を拭くのもそこそこに、もつれ合うようにしてベッドに横たわった。

「シーツがビショビショだ」

余裕のない英介に対し、そんなことを気にする羽鳥が憎らしくなり、奪うように唇を吸った。

「ふ……っ、ぁ」

息を継ごうとして顔を逸らそうとするのを逃さずに、しつこく追い掛ける。肌に這わせた掌を胸の突起の上で止め、さらさらと円を描くように動かすと、羽鳥の眉が寄った。

「……ここ？」

指先で摘むと、羽鳥の眉がますます寄り、顎が跳ね上がった。身体を下ろしていき、唇でもそれを可愛がる。ひゅ、と喉が鳴る音がして、それから大きな溜息が漏れるのを聞いた。

指と唇を使い、しつこいほどにそこを可愛がる。

「は……っ、ぁ、ぁ……あ」

甘い溜息がやがて音になり、羽鳥が声を出した。歯で挟み込み、扱《しご》くようにしながら舌先で先端を撫でてやる。強く吸い付いたあとに唇を離し、息を吹きかけると、魚のようにピクンと身体が跳ね、羽鳥が仰《の》け反《ぞ》った。

浮き上がった腰を掴み、さらに身体を下ろしていく。

「あっ、……あ、ぅ、はっ」

柔らかい下腹部を唇で撫でてから下に滑らせる。しとどに濡れた先端を含み、舌を這わせた。

「っ、……ああっ」

シーツが擦れる音がして、羽鳥が首を振っているのが分かった。快感から逃れようとずり上がるのを捕まえ、引き下ろしながらさらに深く呑み込んでやる。ジュ……、ジュ……、とわざと音を立ててやると、それをかき消そうとするように、大きな鳴き声が上がった。聞こえる声が嬉しくて、もっと鳴けと促すように顔を動かす。両足を押し広げて露わになった蕾に指を差し入れた。

「ああ、ああっ」

英介の動きに合わせて羽鳥が鳴く。差し入れた中指を曲げ、内側のコリッとした部分を刺激する。羽鳥の内腿《うちもも》に力が入り、身体が跳ねた。逃げそうになる腰を摑み、指の刺激を繰り返しながら深く呑み込む。英介の髪に差し入れられた指で掻き回され、その動きが次第に変わっていく。

羞恥や恐怖よりも快楽が勝っていく。羽鳥の腰が自ら揺らめき出し、促してくるのに合わせて英介も身体を揺らした。

長い時間を掛けて、羽鳥を可愛がる。気が付くと、英介自身が声を出していた。羽鳥の身体を貪りながら、自身が興奮し、荒い息を吐きながら声を発している。

「英介……えいす……け、ぇ……」

自分を呼ぶ声が耳に届き、身体を起こした。羽鳥が泣きそうな顔をして英介を見上げてきた。

「ごめん。きつかったか？」

夢中になっていたことに気付き、頬を撫でながら聞いた。英介の手の上に自分の手を重ね、羽鳥が眼を閉じた。

「余裕がなくなった。……ごめん」

初めてだったのに、乱暴に扱ってしまったと謝る英介に、眼を瞑ったまま羽鳥がかぶりを振った。

「平気だ……嬉しい」

口元を綻ばせて羽鳥が言った。笑っている唇に、英介も笑いながらキスを落とした。

「中学生か、って感じだよな。がっつき過ぎた。悪い。ゆっくりな。無茶はしないから」

「いいよ。おおいにがっついてくれ。君になら無茶をされたい」

また悪戯っ子のような可愛い顔をして、羽鳥が爆弾を落としてくる。

「……そうやってまた煽るようなことを言う」

「煽っているのか、俺は。それは知らなかったな」

知らずにやるから怖いのだ。

伸びた両腕が英介の首に絡む。うっすらと笑った唇が誘ってきた。

「してくれ。そういうのが嬉しい」

……そうか。こいつは分かっていてやっているんだなと思った。

身体を倒し、誘われるまま唇を重ねた。入り込んできた舌先が英介を絡め取り、優しく吸ってくる。

「ん、ん」

背中が撓り、細い身体が浮き上がる。羽鳥を首にぶら下げたまま、片足を担ぎ上げ自分の肩に乗せた。

「……あ」

期待の籠もった眼で見つめられた。英介も羽鳥を見つめたまま、自身の先端を後孔に宛がい、ズ、と押し入れた。微かに羽鳥の眉が寄る。視線を逸らさないまま、ほんの少し押し進めた。

「……大丈夫か？」

苦しそうな顔をしたまま羽鳥が頷いた。一旦引いてから、次にはグイと進ませる。

「っ、……」

声にならない叫びを上げて、羽鳥が仰け反った。あやすように唇で撫で、さらに押し進めた。

「あ、あぁ」

重ねられた唇が戦慄く。甘噛みし、舌で撫で、ごめん、と慰めながらそれでも押し入っていった。誰も分け入ったことのない、たぶん羽鳥自身も知らない場所へ入っていく。狭い路が英介によって押し広げられ、征服されていく様子に、可哀想だと思うと共に、言いしれぬ満足感に満たされていった。

「狭い……な。ごめん」

謝りながら、それでも止めたくない。異物感か、それとも痛みなのか、寄せた眉が痛々しく、だけど懸命に英介を受け入れようとしているのが愛しいと思った。

締め付けてくる襞は痛いぐらいなのに、出ていきたくない。僅かに腰を揺らすと、引き攣るように英介に付いていきて、動きを止めると柔らかく絡みついてくるのに思わず溜息が漏れた。

「ああ……」

寄せていた眉が僅かに開き、声を出す英介を羽鳥が見つめてきた。

「英介のほうが苦しそうだ」

「気持ち……よすぎて、やばい」

乱暴に突き動かしたいのを我慢している英介に、羽鳥はふっと笑い、「そうか。やばいか」と言った。

「もっと見せろ」

柔らかく笑って、羽鳥が誘ってくる。

「あ……こら、まずいって、馬鹿」

身体を揺らめかし、慌てている英介に、動いてみせろと促してきた。引きずり込まれるような感覚に「あっ」と声を出す英介を、楽しそうに見上げられ、その顔を睨んだ。

「馬鹿と言われたのは、これで二回目だな」

羽鳥が挑むように笑い、そう言った。お互いに見つめ合いながら、羽鳥の挑発に乗り、腰を揺らしていく。また僅かに眉根が寄せられたが、今度は動きを止めなかった。下で揺らされている羽鳥の口元が、嬉しそうに微笑んでいたからだ。

身体を起こし、両足を持ち上げた。深く入り込んでいた腰を引き、浅いところを細かく刺激していく。戸惑ったようにこちらを見上げてくる眉がまた寄せられているのは、痛みよりも羞恥なのだと思った。

内側の浅い場所、前立腺を刺激しながら羽鳥のペニスを掌で包んだ。

「は、……んっ、ぁ、あ」

揺らされながら羽鳥が喘いだ。その顔を見つめながら腰を送り、包んだ手を上下に動かしてやると、再び蜜が溢れ出してきた。

「痛くないか?」

「ん、痛く、ない」

「気持ちいいか……?」

「……」

二つ目の質問には答えがなく、腕を上げて顔を隠そうとしたからそれを取り上げた。

「あ、いや……だ」

暴かれるのは恥ずかしいと羽鳥が首を振り、固く眼を閉じている。包んでいる掌の動きを幾分速めると、ますます眉間の皺が寄り、「んん、んん」と我慢をするように首を振った。

「圭一、こっち向いて」

英介の声に、うっすらと開いた眼をおずおずと上げる。ゆっくりと腰を回し、浸っている自分の姿を見せつける。

「おまえん中、……凄くいい」

英介の言葉に呼応するように中が蠢き、その刺激に持っていかれそうになり、く、と眉が寄った。喉を詰め、やり過ごそうとしている英介の姿を、羽鳥がじっと見つめていた。身体をさらに揺らし、愉悦に浸る。息が漏れ、声が溢れ出る。

「ああ……」

凄く気持ちがいい。英介を見上げ、嬉しそうに笑んでいる恋人が愛しくて、そんな自分を晒し、もっと喜んでもらいたかった。

好きだから、壊すような無茶はしたくない。だけど、壊してほしいと願うくらい求められるのが、英介だって嬉しいのだ。

「英介……英介」

名前を呼びながら、羽鳥の身体が英介に合わせて波打ち始める。

「あ、あ……、俺も、気持ち……いい」

「そうか。よかった」

「うん、……うん」

見つめられ、高められ、恥ずかしがりながらも観念したように英介の前にその姿を晒しているのが可愛い。

「滅茶苦茶可愛い」

揺らしながら英介が言うと、眉を寄せたままの羽鳥が「馬鹿」と言ったから笑った。

掌の中の羽鳥の劣情が熱を増す。

「あ、あ……あ、っ……」

唇が戦慄く。身体が柔らかく撓り、最後には大きく仰け反った。

「は、ぁ、は……っ、あ、ああっ」

掌が濡れ、白濁が飛び散った。英介の腰の動きに押されるようにそれがまた溢れ出し、白い肌を濡らしていく。やがて大きな溜息を吐き、羽鳥が大人しくなった。それを見届けてから、英介は留まっていた場所から奥へと進入させていった。

休ませてやる余裕もなく没頭していく。精を放つ瞬間に強く締め付けてきた襞は、今は緩み、やわやわと英介を包んでくる。ベッドに両手をつき、羽鳥に被さるようにして激しく腰を前後させて浸った。枷《かせ》がなくなったように突き入れようとする衝動は、すでに制御できなくなっていた。

「あっ、あ、圭一……、圭一、はぁ、は、あっ、っ、……」

英介の下でいいように揺らされている、愛しい者の名を呼ぶ。温かいものが背中を包んできて、縋るように抱き締めた。

最奥まで突き入れ、動きが止まる。

「くっ……は……」

鼓動がそこに移ったように脈を打っている。ゆっくりと揺れながら、すべてを注ぎ込み、鼓動が収まるのを待った。

背中に置かれた掌があやすように英介を撫でている。お返しをしようと、英介も目の前にある優しげな瞳の端に、キスを落とした。

隣で寝息を立てている顔をずっと見ていた。

口をほんの少しだけ開け、規則正しい呼吸を繰り返している。長い睫が影を落としていた。静かな寝顔だ。

くしゃくしゃになっている髪をそっと掻き上げてやり、おでこを露わにしてやる。刺激に反応し、羽鳥の眉がキュ、と寄った。

寝返りを打ち、離れていこうとするので肩を抱き寄せた。起こさないようにそうっと腕を動かし、自分の首の下に収めてみる。寝ながら誘導され、英介の肩の上に素直に頭を乗せた羽鳥はまだ眠っている。

前にこの部屋に羽鳥が泊まった朝は、そういえばこいつにずっと寝顔を見られていたんだっけと思い出した。

期限付きの契約恋愛は、十週目にして破綻した。今隣にいる人は、英介の正真正銘の恋人になった。

昨夜のいろいろを思い出しながら、顎の下にいる羽鳥の髪を触っていると、羽鳥の眉間の皺がひくひく動いた。

「……昨夜は可愛かったなあ」

髪の毛に唇を押しつけながら呟くと、肩の上の頭が僅かにずれたのでもう一度引き寄せた。我慢しているような表情を覗き、噴き出してしまう。

「おい、起きてんだろ？」

意固地になったように、眼を開けようとしないのにまた笑う。

「圭一、おはよ」

頑なな眉間にキスをしてそう言ったら、今度は羽鳥の唇がヒクヒクと動いた。にやつくのを懸命に堪えようとしている唇にもキスをする。チュッと音を立てて離れ、眺めていると、ようやく羽鳥が眼を開けた。

「……おはようございます」

眉間の皺は刻まれたまま、一瞬英介を見上げた瞳が左右に振れた。照れ臭そうな顔が可愛い。

「コーヒーでも淹れようか。腹減らない？」

「ああ」

普通の会話になると、羽鳥の表情がやっと落ち着いた。口元が僅かに綻んでいるのが可愛い。そこへもう一度キスをし、目尻にも唇を押しつけながら身体を抱き込むと、くすぐったそうな顔をしながらこちらを睨んできた。

「コーヒーを淹れるんじゃないのか」

「んー、淹れるよ？」

そう言いながら抱き込んだ羽鳥の身体を離さないでいたら、業を煮やしたように胸に置いた手で押された。

「宇田川、ほら、離れろって。コーヒー……」

「あれ？　名字に戻ってるぞ」

昨夜は下の名前で呼んでくれたのにと抗議をすると、羽鳥が「それは……」ともごもご言いながら布団に潜ってしまった。

「なんだ。寂しいな。あ、でも『あのとき』限定で呼ばれるのもいいかも」

顔を隠してしまった羽鳥に笑って言うと、布団の中から「馬鹿」と聞こえた。

いつまでも恥ずかしがらせているのは可哀想なので、布団の塊をポンポンと叩き、身体を起こした。

「おまえ、もう少し寝てていいぞ」

ベッドから下りて台所に行く。

コーヒーの粉を棚から出していると、ゆっくりしていろと言ったのに、羽鳥が台所にやってきた。英介の隣に並び、一緒に朝の準備をしようとしてくる。

「カップ、出して」

「うん。トースト焼こうか」

以前と似たような会話を交わす。英介のシャツを借りた羽鳥の手が袖で隠れているのも変わらない。頭の後ろがピョンと跳ねているのも同じだった。

「天気いいみたいだな。絶好のドライブ日和《びより》だ」

二人の関係だけが、前と違っている。

「身体大丈夫？　痛くないか？」

「平気だ」

「昨夜けっこう無茶したから」

「……」

英介の声に返事はなく、隣を覗くと羽鳥が怒ったような顔をしてパンを並べていた。眉間に皺が寄り、唇が僅かに尖っている。耳が赤かった。

子どもが拗ねているような表情が可愛らしく、またキスがしたくなる。顔を覗くようにしながら腰を屈め、近づくと、羽鳥がチラリとこちらに視線を寄越した。

「圭二」

名前を呼んだらこちらを向いた。怒った顔をしながら英介に応え、羽鳥のほうからキスをくれた。

一瞬だけ触れ、すぐに離れたそれが、今はほんのりと緩んでいた。

内緒の話

「……今度は何を買ってきたんだ？」

呆れた声を出す圭一《けいいち》の前で、英介《えいすけ》が得意げに包みを開けている。

二人で外出した折りや、今日のように圭一の部屋を訪ねてくるとき、英介は頻繁に買い物をしてくる。カトラリーや愛用のシェービングクリームなどの日用品などは納得もいくのだが、使い道のない物までせっせと運んでくるのが解《げ》せない。

圭一の部屋の本棚には今、ふくろうの置物が置かれている。大きい物ではないから邪魔にはならないが、圭一が本を出し入れする度に、愛嬌のある大きな眼が見下ろしてくる。

「だって本ばっかりじゃ面白くなくね？」

本棚自体に面白さを求めているわけではないので、面白くなくても一向に構わないのだが、英介はそう言ってこれを置いた。

圭一が好きだと言ったから買ったんだと言い、本棚にちょこんと置かれたそれを眺め、満足そうに「いいだろ？」と言われれば、まんざらでもなくなるのが不思議だ。

生活用品を増やし、ときどきはふくろうの置物のような、使い道のないような物を持ってきては置いていく。同じように英介の部屋にも圭一専用の物が用意され、互いの私物が互いの部屋に増えていく。それは不思議な感覚で、何となく身体《からだ》がふわっと軽くなるというか、知らないうちに顔が緩んでくるというか、とにかく悪くないものだなと思っている。

「これこれ。持ってきたんだ」

そして今、英介が目の前で性懲《しょうこ》りもなく袋を開けている。紙袋のロゴは見覚えのある雑貨ショップのもので、中から出てきたのはマグカップだった。

白地に『K』の字の入ったカップを掲げ、英介が楽しそうに笑った。

「こないだ通ったときに思い出してさ。買ったんだ。これ、使おうよ」

台所に立っていった英介が新しいカップを洗い、シンクの上に出してある、『A』の文字の入ったカップの横にそれを置いた。

「困ったな」

「え？　困る？　こういうの、やっぱり嫌いか？」

圭一の声に英介が振り向き、聞いてきた。

「うーん、でも部屋で使うだけだし、誰に見せるわけでもないだろ？　別にお揃いの服着て外へ出掛けようって言ってるわけじゃないから」

「恐ろしいことを言わないでくれ」

「いいじゃん、いいじゃん。な？」

「……ああ、まあ」

「じゃあさっそくコーヒーを淹れよう」

英介に説得される形で、お揃いのカップを使うことになる。

二人分のコーヒーが入り、リビングへ運ぶ。カップをテーブルの上に置いてから、英介のいるベランダに出た。

「英介。コーヒーが入ったよ」

「おう」

圭一の声に英介が答え、灰皿の上で煙草《たばこ》を潰した。部屋で吸っていいと言っているのに、英介は律儀にこうしてベランダに出る。吸い殻の入った灰皿をエアコンの室外機の上に置き、そのまま外を眺めている英介の隣に圭一も立った。仄《ほの》かに煙草の匂いがした。

「元気に咲いてんな」

室外機から少し離れた場所にある鉢植えを眺め、英介が笑った。

「うん。あまり手間を掛けなくてもいいみたいで助かる」

日当たりの良いベランダは環境に合っていたらしく、毎日の水やりと、たまに液体肥料を与えるだけで枯れることなく元気に育ち、大きな花を咲かせている。

「来る途中に見つけてさ。インパクトあるだろ? パカンって咲いてる感じがなんか可愛くね?」

そう言って大輪の花を付けたアマリリスの鉢植えが、圭一の部屋にやってきた。白地に薄いピンクの色を刷《は》いたような花弁はユリに似ていた。花が好きだと言った圭一の言葉を覚えていた英介が、持ってきたのだ。

「おまえ、ちゃんと面倒見るんだぞ」

人に世話を押しつけながら、英介がアマリリスの葉っぱを指で撫でている。花が特別好きというわけではない。ただ、実家の庭にいつも花が植えられており、それを見て育っただけだった。

家を出ていった母親が、せっせと花壇の世話をしていた。チューリップやクロッカス。夏には朝顔、秋にはコスモスと、季節ごとの花が眼を楽しませてくれたものだ。

「ちゃんと世話すると、毎年咲くんだって。楽しみだな」

シャッキリと背筋を伸ばし、上に向かって花弁を広げているアマリリスの前にしゃがみ込み、英介が楽しそうに言った。

そういえば、うちの庭には多年草はなかったなと思い出す。

母の育てる庭には、一年草ばかりが植えられていた。種を蒔き、芽を出して花を楽しみ、やがて枯れたらまた土を耕し、次の種を蒔き、芽吹きを待つ。

花は、ただ花で、庭を彩れば眼を留めて眺めたし、ああ咲いたのかと思った。それについて母親と会話をした記憶もない。

ただ一度だけ、好きな人に贈るのなら、これは止めておきなさいという母の声を聞いた。悲恋の花だからと。圭一に言ったのではなく、母と姉との会話を耳に捉えたものだ。黄色のチューリップ。『叶わぬ恋』という花言葉に、姉がロマンティックねと、はしゃいだように笑っていたのを覚えている。

英介の部屋を初めて訪ねたとき、花屋の店先にあった黄色のチューリップが眼に入り、あのときの母と姉の会話を思い出した。特別な想いを持って英介に贈ったわけではない。ただ眼に留まり、多少の感傷を持ってそれを手にした。今思えば恥ずかしく、自分らしくもないと思う。英介に花言葉の意味が知られたら噴飯ものだ。

母が何を思い、ひとときで終わる花ばかりを毎年育てていたのかは知らない。今母親が住んでいる庭には、どんな花が育っているのだろう。

「中に入ろうか」

アマリリスを眺めていた英介が立ち上がった。部屋を振り返ると、お揃いのマグカップが湯気を立ててテーブルの上で待っていた。

「わざわざ買わせて悪かった」

「いいよ。俺が欲しかったんだから」

「……あるんだ。実は」

「え?」

「同じ物。俺も、その……あれと同じのを……前に買ってて」

英介と一緒に『A』の字の入ったカップを購入した翌日に、実は『K』のカップを買いに行っていた。食器棚には置かずに、別の場所に隠してあったのだ。あのとき一緒に買おうかと誘われ無視したものを、本当は欲しくて次の日に買いました……などとは恥ずかしくて言えずにいたものだった。

　コーヒーを飲むときに、それに入れてはひとりニヤニヤしていた。毎週英介と会えるのは楽しく、だがいつまでも続くものでもないと思っていた。約束は二ヶ月だったし、その期限が短くなることは予想したが、延びるとは思っていなかった。

「すぐに言えばよかったな。コーヒーを入れちゃったから……返品もできない」

　圭一の告白を聞いた英介が、まじまじと見つめてきた。

「持ってたの？」

「うん。隠して……た」

「どこに？」

　聞かれたので、ベランダから部屋に入った。英介も後ろをついてきた。そのまま台所に行き、シンクの上にある扉を開ける。普段使わない土鍋の置いてある、その後ろからカップを出してきて、英介に見せた。

「へえ。ここに隠してたんだ」

「ここなら出しやすい」

「まあ、そうだな」

　押し入れの奥などにしまっておいたら頻繁に使えないし、食器棚に置けば見つかる可能性がある。

恥ずかしい秘密を打ち明けたところで、リビングに戻ろうと側にいる英介を仰ぎ見ると、二つ目のカップを手にした英介が、満面の笑みを浮かべながら圭一を見下ろしてきた。

「おまえって……本当に、なんつうか」

「もういいだろう？　コーヒーが冷める」

「奥ゆかしい、つか」

「なんだそれは。そんなんじゃない」

「奥ゆか可愛《かわい》い」

にっこりと笑って言ってくる英介の顔を睨み、「そんな言葉はないぞ」と指摘してやった。

「あ、奥ゆ可愛いか」

「違う」

英介はこうやって、ときどき変な造語を使って圭一をからかってくる。意味が分からないし、第一自分が可愛いわけがないだろうと思うのだ。

「コーヒー飲まないのか？」

いつまでも台所に立って人のことをからかっている英介にそう言ったら「うん。飲まない」という返事がきたから、驚いてもう一度上にある顔を見上げた。

「せっかく淹れたのに」

英介の顔が近づいてきて、目尻に唇が当たった。ちゅ、と音を立てて離れ、圭一の眼を覗いてくる。

「……まだ昼だぞ」

送られてきたサインを察知して、手を引っ張ってくる英介に一応抗議をする。

「うん。でも、したくなった。おまえがおくかわだから」

また変な造語を使いながら抱き込んできた。

「駄目か？」

目尻に当たった唇が、耳を噛み、首筋を吸った。

そんな嬉しそうな顔でねだってこられたら、こちらとしても「やぶさかではない」と、同意の意を表明するしかないのだった。


身体中隈無くキスをされ、ぐずぐずになった肌を撫でられる。

「……ん、んぁ、あ」

誰のものかと疑うような甘い声が、自分の口から溢れ出ていた。

中に入り込んだ英介の指がクルリと回り、内側の敏感な場所を撫でてきた。跳ね上がる身体はもう自分では抑えられず、逃げようとした腰に手が回された。

「……けい、けーい？　圭一……」

自分を呼ぶ声がして、シーツに押し付けていた顔を動かした。こちらを見下ろした英介が笑っている。

「ほら、逃げるなって」

低い声で優しく窘《たしな》められる。それでも言うことを聞かず、シーツを摑んで上に逃げようとしたら、這ってきた手で胸の辺りを撫でられた。

「……は」

上半身だけを捻《ひね》り、上にいる英介に背中を向け、性懲りもなく逃げようとシーツを摑んでる後ろから、腕が回ってきた。

「こら、だから逃げるなって言ってるだろ？」

クリクリと指の先で撫でられ、次にはキュッと摘まれる。ここを可愛がられるのが好きなことを知っている英介の声が笑っている。背中に柔らかい舌が当たった。

「ぁ、……い、いや、だ」

声だけの抵抗は聞いてもらえず、熱い舌が背中を這っていく。肩胛骨の上を軽く嚙まれ、動きが止まってしまった。

休日のまだ早い時間から、こんな淫らな状況に陥っている。英介の愛撫は柔らかく執拗《しつよう》で、それに慣らされ、すぐにトロトロに溶かされてしまう自分が恥ずかしい。

「かーわい」

そんな圭一を、また英介がそんな言葉で辱《はずかし》める。

「あ」

不自然に捻《ねじ》れている身体を起こされ、完全な俯せ状態にさせられると、また前に回ってきた掌で下腹部を撫でられた。

「ぁ、あ……いやだ」

「んー？　駄目」

拒絶が形だけだということを、英介はすでに知っている。笑いながら圭一の訴えを無視し、スルスルと滑らせた手が圭一のペニスを握ってきた。

「んん、……っは」

シーツに両手を突いたままの顎が上がる。柔らかく握り込んだ手で上下されると、身体が自然に揺れ、腰が高く上がった。

「濡れてる。……ビショビショ」

「言う、な」

嬉しそうな声に首を振り、抗議をする圭一に英介が「うん。ごめん」と素直に謝ってきた。

「なんか、どうしてもつい、苛めたくなる」

……可愛くて。

息だけの声が笑っている。悔しくて言い返したいが、言葉にもならなかった。

俯せている後ろからクチュクチュと水音が立った。後孔に入り込んだ英介の指と、前で蠢いている掌の両方から音がする。すべて自分の身体が立てている音だということにまた羞恥が増すが、それ以上の快感にますます身体が開いていった。

背中に熱い息が当たる。自分を弄《もてあそ》んでいる英介も声を出している。圭一を翻弄し、高めていきながら英介自身が感じていることを知り、悔しいと思いつつも、口元が緩んだ。

「英介、えい……す……け」

甘い声でねだると、上から大きな吐息が降ってきた。

指が去り、足下のほうでガサガサと音が鳴った。息を整えながら待っていると、温かい掌が背中に触れ、次には熱い唇の感触がした。

「圭一、こっち向いて」

柔らかい命令にもう一度身体を反転させる。うっすらと微笑《ほほえ》んだ英介が、圭一を見下ろしてきた。

開かれた身体のあいだに英介が入り込んでくる。

「ん……」

一瞬詰めた息を吐いて、迎え入れる覚悟を決めると、圭一の合図を待っていたように英介が入ってきた。

押し入れられた先端で襞を押し広げるように回され、少しずつ進んでくる。寄せた眉を緩め、

上にある顔を見上げると、英介も圭一の表情をじっと観察していた。両腕を伸ばして首に摑まる。また少し進んだ英介の身体が、ゆっくりと揺れ始めた。

ギ、とベッドが鳴る音がして、同時にズ、チャ、という水音がした。笑っていた英介の眉が寄り、上向いた喉が上下するのが見えた。

「すげ……気持ちいい……」

大きく腰を回し、次には深く入ってくる。その度にベッドが音を立て、英介が甘い溜息を吐いた。

気持ちよさそうに揺れている肩を摑み、背中を反らすと、英介がまた圭一に顔を向け、柔らかく笑いながら覗いてきた。肩に置いた掌を滑らせ、腕を手繰ると、英介がキスを落としてくる。

「……ぅん、あ、あ」

舌を絡められ、吸われながら、また揺らされる。一瞬閉じていた眼を開けると、英介の視線とぶつかった。英介はいつでも圭一の顔を覗いている。

「また……見てる」

恥ずかしいので眼を逸らすと、「こっち向け」と命令された。

「だって見ていたいだろ？　……滅茶苦茶可愛い」

人を喜ばせる術《すべ》を熟知している男は、そんなことを言って圭一を喜ばせる。

「あ……っん」

英介の言葉に煽られてしまい、感じて声を上げる顔を、また楽しそうに見つめてきた。

「気持ちい……？」

「うん」

もう一度キスをくれながら聞いてくるのに、小さく答える。

「よかった。……俺もすげえ、いい」

身体を起こした英介が、圭一の両足を掲げ、強く腰を打ち付けてきた。

「……ああ」と、低く、甘い溜息が英介の口から漏れている。抱えた足の片方を高く持ち上げ、膝の裏に舌を這わせている。そうしながらまたこちらに眼を向け、微笑みながら軽く噛まれた。

「んん、はぁ……」

僅かな痛みに反応して声を上げる圭一を見つめ、英介が笑って「可愛い」とまた言った。

「なんでこんなに可愛いんだ？」

「別に、可愛くな……っ、は」

質問に真面目《まじめ》に答えていると、下りてきた手で胸の先を悪戯《いたずら》され、声が途切れた。

「もっと可愛いとこ、見せて」

深く入り込み、胸先を可愛がりながら、そんなことを言ってくる。

「……あ、分から、な……」

可愛いと言ってくれるなら、それに応えたいが、どうしたらいいのかが分からない。英介は相変わらず圭一を見つめ、笑みを浮かべたまま揺れている。強く、浅く掻き回すようにされ、胸に置かれた指に押し付けるように背中が浮いた。掲げられた足が自ら開いていく。

恥ずかしいのに抗《あらが》えない。両方の指で胸の突起を摘まれ、軽く揺さぶられたら、ますます背中が反り、甘い声が上がった。

「……ここ？」

「は、ぁ……、っ……ん、ん」

唇をきつく結び、声を閉じ込めようとしても、その度に英介が指で先端を悪戯するからすぐに声が上がってしまう。

無駄と分かっていて首を振り、逃れようとする圭一を英介が見下ろしてくる。笑みを浮かべている顔を睨むと、ますます楽しそうに笑って身体を揺らしてきた。

「ここ弄《いじ》ると、中がキュッてなる。可愛い」

またそんなことを言って人を恥ずかしがらせ、煽ってくるのが憎らしい。文句を言いたくても声を出せば甘い嬌声に変わり、睨んでいるつもりの眼が、潤んでくるのが自分でも分かり、どうしようもない。

「ああ、あ、英介……えいす、け……」

愉悦の波に流されながら、助けを呼んだ。返事の代わりにまた深く入ってきた英介が激しく腰を打ち付けてくる。

「ああ、あ、英介、ぇ」

嵐に耐える船のように、ギィギィと軋む音を立て、ベッドが鳴った。

「……やばい」

苦しげな声が上からした。被さってきた身体に縋《すが》り付き、揺れに身を任せる。深く穿《うが》たれ、圭一にも大波がやってきた。

「ああっ、ふ……かぃ、……」

「平気か？」

「いい、深い……の、いぃ……」

「ああ」

圭一の訴えに、揺れながら英介が答え、またこちらを見つめてきた。眉を顰《ひそ》め、自らの快感に浸りながら、圭一が達するのを見届けようとしている。

ベッドが壊れるかと思うほど激しく突き上げられ、だけど構ってはいられなかった。自らも腰を揺らめかし、深く受け入れながら眼の前にある瞳を見つめ返し、唇を吸った。

「は、ん……っ、ぁあ、あ、あ、……あ――」

最後には大きく身を仰《の》け反《ぞ》らせて絶頂を迎えた。吐き出した精が腹を濡らし、身体を重ねてきた英介が、それを広げるように突き上げてくる。

「あっ、あ、……く、っ、……は」

喉を詰め、次には大きく息を吐き、英介が止まった。長い溜息を漏らしながら圭一の中で弾ける。荒い呼吸のまま、またゆっくりと揺れ始め、閉じていた眼を開き、下にいる圭一を見つめてきた。

軽いキスを落としてくるのを迎え、しばらくは無言で啄《ついば》み合った。

「なあ、今度……ベッド買おうよ」

キスをしながら英介が言っている。

「いつ壊れるかって、気が気じゃなかった」

「その割には遠慮のない動きだったが」

圭一の答えに、英介がキスをしたまま噴いた。

「だって最中は夢中になるだろ？　制御とかできないし」

「そんなもんか」

自分もそうだから、それには納得した。

「そんなもんだよ。……あんな可愛いもん見せられたら、こっちだって張り切って動くだろ？」

「言っている意味が分からないが」

素っ気ない圭一の声に、英介は笑い、「分かってるくせに」と、また意味不明なことを言い、キスを落としてきた。

「な。今度ベッド見に行こうよ。キングサイズ」

「部屋がそれでいっぱいになるな」

圭一の答えに英介はふはっと笑った。

一緒に出掛けよう。旅行にも行こう。フクロウのいるカフェがあるらしいと、キスをしながら楽しそうに、これからの計画を圭一に語っている。

他愛《たわい》ない声に相槌《あいづち》を打ちながら、ベランダにある花を思い出し、笑ってしまった。

「何笑ってる?」

「なんでもない」

「なんだよ、教えろよ」

ひとりで笑っている圭一の顔を覗き、英介も楽しそうに聞いてきた。なあ、なあと、じゃれついてくる英介の顔を見返しながら、教えたらどんな反応をするだろうかと考え、また笑う。

アマリリスの花言葉は、「おしゃべり」だ。

あとがき

こんにちは。もしくは初めまして。野原滋です。

春ですね。皆さまの周りでは今、どんなお花が咲いていますか？

私が今これを書いている季節は、ちょうど春がすぐそこまで来ているところです。ベランダからは、まだ蕾も綻んでいない桜の樹が見えます。皆さまにこれをお手に取っていただける日には、新緑に変わっていることでしょう。

そしてベランダからの景色ですが、まず屋上から吊るされたロープが見えます。住んでいるマンションの大規模修繕が行われていて、毎日ゴンドラに乗ったガテンなお兄ちゃんたちがベランダ内に侵入してきます。ときどき荒い言葉で後輩を叱りつけている声や、花粉が飛んでいるのか、大きなくしゃみを連発しているのが聞こえてきます。とても楽しいです。人のベランダで大声で携帯を使うのは勘弁してください。聞き耳を立ててしまいますので。

担当さんとプロットの打ち合わせをしているときに、キャラの職業を何にしようかという話になり、携帯を片手に窓の外を見て、攻めの勤める会社が決まった次第です。ナイスタイミング！　ガテン系もいいですが、今回は請負業者の営業職といたしました。

さて、この度は拙作「契約恋愛」をお手に取っていただき、誠にありがとうございます。

「契約恋愛」というと、窮地に陥った受けがスーパー攻め様に買われる系な、なにやら淫靡な期待を持たれた読者さまには申し訳ございません……。だいぶ緩い感じの「契約恋愛」となりました。

受けは初稿の段階では、もう少し嫌な奴でした。完膚なきまでに能力主義の冷徹人間だったのですが、これでは読者さまが共感してくれないだろうということで、可愛げを加えようとしてみたのですが、上手く加わっているのかが不安です。

攻めの英介は初めからこんな感じのキャラだったので、この二人ではどうにも淫靡な話運びにならず、このような「恋愛ごっこ的契約恋愛」のお話となりました。

英介が、わけが分からないまま振り回され、羽鳥に惹かれていく経緯を楽しんでいただけたらな、と思いお話を進めていきました。そして鉄面皮の羽鳥も、新しい出会いによって人との関わり合いに化学変化を起こしていく様子をコミカルに綴っていきたいと思いました。

人との関わりあいの中で、「私って性格悪いなあ……」と思うことが多々ありまして、そんな中で自然に気遣いができる友人や、聞き上手な友人、側にいて心地好いと感じる人というのはいるものでして、そういうときに、自分とこの人とはどうしてこうも違うんだろうと考えます。ああ、この人はとても愛情深く育てられたんだろうなあ、そしてそういうものを、とても上手に汲み取って、自分の中に取り入れて、綺麗に育てていける才能を持って生まれたんだろうなあと、ぼんやりと思います。

そういう漠然としたものを、お話の中にほんのちょこっと組み込んでみました。英介はそういったものが生まれついて上手な人。そして羽鳥は育てるのが下手くそな人、という対比で作ってみました。人の側面は一面ではありませんから、英介にもダメダメな部分もあるし、羽鳥にももちろん愛すべき可愛らしさがあり、それを英介によって引き出してもらえたら楽しいかなと。そんな二人のやり取りを微笑ましく見守りながら読んでいただけたら嬉しいです。

前に書いたお話でワインの件がありまして、その際にお酒にまつわるエピソードを収集しようと、取材をいたしました（単に飲み歩いたともいう）。そのときに日本酒の取材もしまして、今回それをお話の中に取り入れることができ、満足です。ザルもずく、とっても美味しいです。お薦めです。二人前ぐらいなら平気でいけます。岩牡蠣も美味しかった……。カクテルやバーボンのお話も取材したのですが、次に活かせるでしょうか。取材は今後も精力的に続けたいと思います。

チューリップにバラにアマリリス。花言葉を気持ちに織り込む作業も楽しかったです。次にはどんな小道具に気持ちを託そうか。今から楽しみです。

今回イラストを担当くださった、みずかねりょう先生には、素敵なイラストを描いていただき、ありがとうございました。

キャララフを頂いたときには、自分が脳内で描いていた英介がそこにいて、本当に吃驚いたしました。受けの羽鳥の美人振りにもニヤつかせていただきました。ありがとうございます。

担当さまにも毎度毎度、お手数をお掛けしてしまい、申し訳ありませんでした。原稿を送ると日を置かずにすぐさま指示案が返ってくるので、いつ寝ているのかと心配になります。どうかお身体をご自愛くださいませ。というか、訂正案をいただかないように自分がちゃんとしろよという話ですね、はい、頑張ります！

そしてこの物語にお付き合いくださいました読者さまにも深く感謝いたします。どうかどうか、未熟な二人の恋愛模様を楽しんでいただけますように。

野原滋

初出一覧

契約恋愛 /書き下ろし

内緒の話 /書き下ろし

B♥PRINCE
http://b-prince.com

B-PRINCE文庫をお買い上げいただきありがとうございます。
先生へのファンレターはこちらにお送りください。

〒102-8584
東京都千代田区富士見1-8-19
株式会社KADOKAWA　アスキー・メディアワークス
B-PRINCE文庫　編集部

契約恋愛《けいやくれんあい》

発行　2014年5月7日　初版発行

著者｜野原 滋

発行者｜塚田正晃

プロデュース｜アスキー・メディアワークス
〒102-8584　東京都千代田区富士見1-8-19
☎03-5216-8377（編集）

発行｜株式会社KADOKAWA
〒102-8177　東京都千代田区富士見2-13-3
☎03-3238-8521（営業）

印刷｜株式会社暁印刷

製本｜株式会社ビルディング・ブックセンター

小社ホームページ　http://www.kadokawa.co.jp/

Printed in Japan
ISBN978-4-04-866493-6 C0193